许地山散文经典

空山灵雨

许地山 ◎ 著

吉林出版集团股份有限公司

图书在版编目（CIP）数据

空山灵雨：许地山散文经典/许地山著.—长春：
吉林出版集团股份有限公司，2017.9
（昨日芳菲：近现代名家经典作品丛刊）
ISBN 978-7-5581-2901-8

Ⅰ.①空… Ⅱ.①许… Ⅲ.①散文集—中国—现代
Ⅳ.① I266

中国版本图书馆 CIP 数据核字（2017）第 194817 号

空山灵雨：许地山散文经典

著　者	许地山	
策划编辑	杜贞霞	
责任编辑	王　平　史俊南	
封面设计	老　刀	
开　本	650mm×960mm　1/16	
字　数	150 千字	
印　张	12	
版　次	2018 年 3 月第 1 版	
印　次	2021 年 6 月第 2 次印刷	

出　版	吉林出版集团股份有限公司
电　话	总编办：010-63109269
	发行部：010-69584388
印　刷	天津雅泽印刷有限公司

ISBN 978-7-5581-2901-8　　　　定价：39.80 元

目 录

目 录

3

桥
边

    我们住的地方就在桃溪溪畔。夹岸遍是桃林：桃实、桃叶映入水中，更显出溪边的静谧。真想不到仓皇出走的人还能享受这明媚的景色！我们日日在林下游玩；有时踱过溪桥，到朋友的蔗园里找新生的甘蔗吃。

    这一天，我们又要到蔗园去，刚踱过桥，便见阿芳——蔗园的小主人——很忧郁地坐在桥下。

    "阿芳哥，起来领我们到你园里去。"他举起头来，望了我们一眼，也没有说什么。

    我哥哥说："阿芳，你不是说你一到水边就把一切的烦闷都洗掉了吗？你不是说，你是水边的蜻蜓么？你看歇在水荭花上那只蜻蜓比你怎样？"

"不错。然而今天就是我第一次的忧闷。"

我们都下到岸边，围绕住他，要打听这回事。他说："方才红儿掉在水里了！"红儿是他的腹婚妻，天天都和他在一块儿玩的。我们听了他这话，都惊讶得很。哥哥说："那么，你还能在这里闷坐着吗？还不赶紧去叫人来？"

"我一回去，我妈心里的忧郁怕也要一颗一颗地结出来，像桃实一样了。我宁可独自在此忧伤，不忍使我妈妈知道。"

我的哥哥不等说完，一股气就跑到红儿家里。这里阿芳还在皱着眉头，我也眼巴巴地望着他，一声也不响。

"谁掉在水里啦？"

我一听，是红儿的声音，速回头一望，果然哥哥携着红儿来了！她笑眯眯地走到芳哥跟前，芳哥像很惊讶地望着她。很久，他才出声说："你的话不灵了么？方才我贪着要到水边看看我的影儿，把它搁在树丫上，不留神轻风一摇，把它摇落水里。它随着流水往下流去；我回头要抱它，它已不在了。"

红儿才知道掉在水里的是她所赠与的小团。她曾对阿芳说那小团也叫红儿，若是把它丢了，便是丢了她。所以芳哥这么谨慎看护着。

芳哥实在以红儿所说的话是千真万确的，看今天的光景，可就教他怀疑了。他说："哦，你的话也是不准的！我这时才知道丢了你的东西不算丢了你，真把你丢了才算。"

我哥哥对红儿说："无意的话倒能教人深信：芳哥对你的信念，头一次就在无意中给你打破了。"

红儿也不着急，只优游地说："信念算什么？要真相知才有用哪。……也好，我借着这个就知道他了。我们还是到蔗园去吧。"

我们一同到蔗园去，芳哥方才的忧郁也和糖汁一同吞下去了。

头

发

这村里的大道今天忽然点缀了许多好看的树叶，一直达到村外的麻栗林边。村里的人，男男女女都穿得很整齐，像举行什么大节期一样。但六月间没有重要的节期，婚礼也用不着这么张罗，到底是为甚事？

那边的男子们都唱着他们的歌，女子也都和着。我只静静地站在一边看。

一队兵押着一个壮年的比丘从大道那头进前。村里的人见他来了，歌唱得更大声。妇人们都把头发披下来，争着跪在道旁，把头发铺在道中。从远一望，直像整匹的黑练摊在那里。那位比丘从容地从众女人的头发上走过，后面的男子们都嚷着："可赞美的孔雀旗呀！"

　　他们这一嚷就把我提醒了。这不是倡自治的孟法师入狱的日子吗？我心里这样猜，赶到他离村里的大道远了，才转过篱笆的西边。刚一拐弯，便遇着一个少女摩着自己的头发，很懊恼地站在那里。我问她说："小姑娘，你站在此地，为你们的大师伤心么？"

　　"固然。但是我还咒诅我的头发为什么偏生短了，不能摊在地上，教大师脚下的尘土留下些少在上头。你说今日村里的众女子，哪一个不比我荣幸呢？"

　　"这有什么荣幸？若你有心恭敬你的国土和你的大师就够了。"

　　"咦！静藏在心里的恭敬是不够的。"

　　"那么，等他出狱的时候，你的头发就够长了。"

　　女孩子听了，非常喜欢，至于跳起来说："得先生这一祝福，我的头发在那时定能比别人长些。多谢了！"

　　她跳着从篱笆对面的流连子园去了。我从西边一直走，到那麻栗林边。那里的土很湿，大师的脚印和兵士的鞋印在上头印得很分明。

疲倦的母亲

那边一个孩子靠近车窗坐着，远山，近水，一幅一幅，次第嵌入窗户，射到他的眼中。他手画着，口中还咿咿呀呀地唱些没字曲。

在他身边坐着一个中年妇人。支着头瞌睡。孩子转过脸来，摇了她几下，说："妈妈，你看看，外面那座山很像我家门前的呢。"

母亲举起头来，把眼略睁一睁，没有出声，又支着颐睡去。

过一会儿，孩子又摇她，说："妈妈，'不要睡吧，看睡出病来了'。你且睁一睁眼，看看外面八哥和牛打架呢。"

母亲把眼略略睁开，轻轻打了孩子一下，没有做声，又支着头睡去。

孩子鼓着腮，很不高兴。但过一会儿，他又唱起来了。

"妈妈，听我唱歌吧。"孩子对着她说了，又摇她几下。

母亲带着不喜欢的样子说："你闹什么？我都见过，都听过，都知道了。你不知道我很疲乏，不容我歇一下么？"

孩子说："我们是一起出来的，怎么我还顶精神，你就疲乏起来？难道大人不如孩子么？"

车还在深林平畴之间穿行着。车中的人，除那孩子和一两个旅客以外，少有不像他母亲那么酣睡的。

处女的恐怖

　　深沉院落，静到极地。虽然我的脚步走在细草之上，还能惊动那伏在绿丛里的蜻蜓。我每次来到庭前，不是听见投壶的音响，便是闻得四弦的颤动；今天，连窗上铁马的轻撞声也没有了！

　　我心里想着这时候小坡必定在里头和人下围棋，于是轻轻走着，也不声张，就进入屋里。出乎主人的意想，跑去站在他后头，等他蓦然发觉，岂不是很有趣？但我轻揭帘子进去时，并不见小坡，只见他的妹子伏在书案上假寐。我更不好声张，还从原处蹑出来。

　　走不远，方才被惊的蜻蜓就用那碧玉琢成的一千只眼瞧着我。一见我来，它又鼓起云母的翅膀飞得飒飒作响。可是破岑寂的，还是屋里大踏大步的声音。我心知道小坡的妹子醒了，看见院里有客，紧紧要回避，所以不敢回头观望，让她安然走入内衙。

"四爷，四爷，我们太爷请你进来坐。"我听得是玉笙的声音，回头便说："我已经进去了，太爷不在屋里。"

"太爷随即出来，请到屋里一候。"她揭开帘子让我进去。果然他的妹子不在了！丫头刚走到衙内院子的光景，便有一股柔和而带笑的声音送到我耳边说："外面伺候的人一个也没有，好在是西衙的四爷，若是生客，教人怎样进退？"

"来的无论生熟，都是朋友，又怕什么？"我认得这是玉笙回答她小姐的话语。

"女子怎能不怕男人，敢独自一人和他们应酬么？"

"我又何尝不是女子？你不怕，也就没有什么。"

我才知道她并不曾睡去，不过回避不及，装成那样的。我走近案边，看见一把画未成的纨扇搁在上头。正要坐下，小坡便进来了。

"老四，失迎了。舍妹跑进去，才知道你来。"

"岂敢，岂敢。请原谅我的莽撞。"我拿起纨扇问道，"这是令妹写的？"

"是。她方才就在这里写画。笔法有什么缺点，还求指教。"

"指教倒不敢；总之，这把扇是我捡得的，是没有主的，我要带它回去。"我摇着扇子这样说。

"这不是我的东西，不干我事。我叫她出来与你当面交涉。"小坡笑着向帘子那边叫，"九妹，老四要把你的扇子拿去了！"

他妹子从里面出来；我忙趋前几步——赔笑，行礼。我说："请饶恕我方才的唐突。"她没做声，尽管笑着。我接着说："令兄应许把这扇送给我了。"

小坡抢着说："不！我只说你们可以直接交涉。"

她还是笑着，没有做声。

我说："请九姑娘就案一挥，把这画完成了，我好立刻带走。"

但她仍不做声。她哥哥不耐烦，促她说："到的是允许人家还是不允许，尽管说，害什么怕？"妹子扫了他一眼，说："人家就是这么害怕哩。"她对我说，"这是不成东西的，若是要，我改天再奉上。"

我速速说："够了，我不要更好的了。你既然应许，就将这一把赐给我罢。"于是她仍旧坐在案边，用丹青来染那纨扇。我们都在一边看她运笔。小坡笑着对妹子说："现在可不怕人了。"

"当然。"她含笑对着哥哥。自这声音发出以后，屋里、庭外，都非常沉寂；窗前也没有铁马的轻撞声。所能听见的只有画笔在笔洗里拨水的微响，和颜色在扇上的运行声。

我 想

我想什么？

我心里本有一条达到极乐园地的路，从前曾被那女人走过的；现在那人不在了，这条路不但是荒芜，并且被野草、闲花、棘枝、绕藤占据得找不出来了！

我许久就想着这条路，不单是开给她走的，她不在，我岂不能独自来往？

但是野草、闲花这样美丽、香甜，我怎舍得把它们去掉呢？棘枝、绕藤又那样横逆、蔓延，我手里又没有器械，怎敢惹它们呢？我想独自在那路上徘徊，总没有实行的日子。

日子一久，我连那条路的方向也忘了。我只能日日跑到路口那个小池的岸边静坐，在那里怅望，和沉思那草掩、藤封的道途。

　　狂风一吹，野花乱坠，池中锦鱼道是好饵来了，争着上来唼喋。我所想的，也浮在水面被鱼喋入口里，复幻成泡沫吐出来，仍旧浮回空中。

　　鱼还是活活泼泼地游；路又不肯自己开了；我更不能把所想的撇在一边。呀！

　　我定睛望着上下游泳的锦鱼，我的回想也随着上下游荡。

　　呀，女人！你现在成为我"记忆的池"中的锦鱼了。你有时浮上来，使我得以看见你；有时沉下去，使我费神猜想你是在某片落叶底下，或某块砂石之间。

　　但是那条路的方向我早忘了，我只能每日坐在池边，盼望你能从水底浮上来。

爱流汐涨

　　月儿的步履已踏过嵇家的东墙了。孩子在院里已等了许久，一看见上半弧的光刚射过墙头，便忙忙跑到屋里叫道："爹爹，月儿上来了，出来给我燃香吧。"

　　屋里坐着一个中年的男子，他的心负了无量的愁闷。外面的月亮虽然还像去年那么圆满，那么光明，可是他对于月亮的情绪就大不如去年了。当孩子进来叫他的时候，他就起来，勉强回答说："宝璜，今晚上不必拜月，我们到院里对着月光吃些果品，回头再出去看看别人的热闹。"

　　孩子一听见要出去看热闹，更喜得了不得。他说："为什么今晚上不拈香呢？记得从前是妈妈点给我的。"

　　父亲没有回答他。但孩子的话很多，问得父亲越发伤心了。

他对着孩子不甚说话。只有向月不歇地叹息。

"爹爹今晚上不舒服么？为何气喘得那么厉害？"

父亲说："是，我今晚上病了。你不是要出去看热闹么？可以叫素云姐带你去，我不能去了。"

素云是一个年长的丫头。主人的心思、性地，她本十分明白，所以家里无论大小事几乎是她一人主持。她带宝璜出门，到河边看看船上和岸上各样的灯色；便中就告诉孩子说："你爹爹今晚不舒服了，我们得早一点回去才是。"

孩子说："爹爹白天还好好地，为何晚上就害起病来？"

"唉，你记不得后天是妈妈的百日吗？"

"什么是妈妈的百日？"

"妈妈死掉，到后天是一百天的工夫。"

孩子实在不能理会那"一百日"的深密意思，素云只得说："夜深了，咱们回家去吧。"

素云和孩子回来的时候，父亲已经躺在床上，见他们回来，就说："你们回来了。"她跑到床前回答说："二爷，我们回来了。晚上大哥儿可以和我同睡，我招呼他，好不好？"

父亲说："不必。你还是睡你的吧。你把他安置好，就可以去歇息，这里没有什么事。"

这个七岁的孩子就睡在离父亲不远的一张小床上。外头的鼓乐声，和树梢的月影，把孩子嬲得不能睡觉。在睡眠的时候，父亲本有命令，不许说话；所以孩子只得默听着，不敢发出什么声音。

乐声远了，在近处的杂响中，最激刺孩子的，就是从父亲那里发出来的啜泣声。在孩子的思想里，大人是不会哭的。所以他很诧异地问："爹爹，你怕黑么？大猫要来咬你么？你哭什么？"他说着就要起来，因为他也怕大猫。

父亲阻止他，说："爹爹今晚上不舒服，没有别的事。不许起来。"

"咦，爹爹明明哭了！我每哭的时候，爹爹说我的声音像河里水声渌渌渌渌地响；现在爹爹的声音也和那个一样。呀，爹爹，别哭了。爹爹一哭，叫宝璜怎能睡觉呢？"

孩子越说越多，弄得父亲的心绪更乱。他不能用什么话来对付孩子，只说："璜儿，我不是说过，在睡觉时不许说话么？你再说时，爹爹就不疼你了。好好地睡吧。"

孩子只复说一句："爹爹要哭，叫人怎样睡得着呢？"以后他就静默了。

这晚上的催眠歌，就是父亲的抽噎声。不久，孩子也因着这声就发出微细的鼾息，屋里只有些杂响伴着父亲发出哀音。

无法投递之邮件

给诵幼

　　不能投递之原因——地址不明，退发信人写明再递。

　　诵幼，我许久没见你了。我近来患失眠症。梦魂呢，又常困在躯壳里飞不到你身边，心急得很。但世间事本无容人着急的余地，越着急越不能到，我只得听其自然罢了。你总不来我这里，也许你怪我那天藏起来，没有出来帮你忙的缘故。呀，诵幼，若你因那事怪了我，可就冤枉极了！我在那时，全身已抛在烦恼的海中，自救尚且不暇，何能顾你？今天接定慧的信，说你已经被释放了，我实在欢喜得很！呀，诵幼，此后须要小心和男子相往来。你们女子常说"男子坏的很多"，这话诚然不错。但我以为男子的坏，并非他生来就是如此的，是跟女子学来的。诵幼，我说这话，请你不要怪我。你的事且不提，我拿文锦的事来说吧。他对于尚素本来是很诚实的，但尚素要将她和文锦的交情变为更亲密的交情，故不得不胡乱献些殷勤。呀，女人的殷勤，就是使男子变坏的砒霜哟！我并不是说女子对于男子要很森严、冷酷，像怀霄待人一样，不过说没有智慧的殷勤是危险的罢了。

我盼望你今后的景况像湖心的白鹄一样。

给贞蕤

不能投递之原因——此人已离广州。

自走马营一别，至今未得你的消息。知道你的生活和行脚僧一样，所以没有破旅愁的书信给你念。昨天从杭香处听见你的近况，且知道你现在住在这里，不由得我不写这几句话给你。

我的朋友，你想北极的冰洋上能够长出花菖蒲，或开得像尼罗河边的王莲来么？我劝你就回家去吧。放着你清凉而恬淡的生活不享，飘零着找那不知心的"知心人"，为何自找这等刑罚？纵说是你当时得罪了他，要找着他向他谢罪，可是罪过你已认了，那温润不挠、如玉一般的情好岂能弥补得毫无瑕疵？

我的朋友，我常想着我曾用过一管笔，有一天无意中把笔尖误烧了（因为我要学篆书，听人说烧尖了好写），就不能再用它。但我很爱那笔，用尽许多法子，也补救不来；就是拿去找笔匠，也不能出什么主意，只是教我再换过一管罢了。我对于那天天接触的小宝贝，虽舍不得扔掉，也不能不把它藏在笔囊里。人情虽不能像这样换法，然而，我们若在不能换之中，姑且当做能换，也就安慰多了。你有心牺牲你的命运，他却无意成就你的愿望，你又何必！我劝你早一点回去罢，看你年少的容貌或逃镜影中，在你背后的黑影快要闯入你的身里，把你青春一切活泼的风度赶走，把你光艳的躯壳夺去了。

我再三叮咛你，不知心的"知心人"，纵然找着了，只是加增懊恼，毫无用处的。

给小峦

不能投递之原因——此人已入疯人院。

绿绮湖边的夜谈，是我们所不能忘掉的。但是，小峦，我要告诉你，迷生绝不能和我一样，常常惦念着你，因为他的心多用在那恋爱的遗骸上头。你不是教我探究他的意思吗？我昨天一早到他那里去，在一件事情上，使我理会他还是一个爱的坟墓的守护者。若是你愿意听这段故事，我就可以告诉你。

我一进门时，他垂着头好像很悲伤的样子，便问："迷生，你又想什么来？"他叹了一声才说："她织给我的领带坏了！我身边再也没有她的遗物了！人丢了，她的东西也要陆续地跟着她走，真是难解！"我说："是的，太阳也有破坏的日子，何况一件小小东西，你不许它坏，成么？"

"为什么不成！若是我不用它，就可以保全它，然而我怎能不用？我一用她给我留下的器用，就借那些东西要和她交通，且要得着无量安慰。"他低垂的视线牵着手里的旧领带，接着说，"唉，现在她的手泽都完了！"

17

小峦，你想他这样还能把你惦记在心里么？你太轻于自信了。我不是使你失望，我很了解他，也了解你，你们固然是亲戚，但我要提醒除你疏淡的友谊外，不要多走一步。因为，凡最终的地方，都是在对岸那很高、很远、很暗，且不能用平常的舟车达到的。你和迷生的事，据我现在的观察，纵使蜘蛛的丝能够织成帆，蜣螂的甲能够装成船，也不能渡你过第一步要过的心意的海洋。你不要再发痴了，还是回向莲台，拜你那低头不语的偶像好。你常说我给你服麻醉剂，不错的！若是我给你一毫一厘的兴奋剂服，恐怕你要起不来了。

答劳云

不能投递的原因——劳云已投金光明寺，在岭上，不能递。

中夜起来，月还在座，渴鼠蹑上桌子偷我笔洗里的墨水喝，我一下床它就吓跑了。它惊醒我，我吓跑它，也是公道的事情。到窗边坐下，且不点灯，回想去年此夜，我们正在了因的园里共谈，你说我们在万本芭蕉底下直像草根底下斗鸣的小虫。唉，今夜那园里的小虫必还在草根底下叫着，然而我们呢？本要独自出去一走，怎奈院里鬼影历乱，又没有侣伴，只得作罢了。睡不着，偏想茶喝，到后房去，见我的小丫头被慵睡锁得很牢固，不好解放她，喝茶的念头，也得作罢了。回到窗边坐下，摩摩窗棂，无意摩着你前月的信，就仗着月灯再念了一遍，可幸你的字比我写得还要粗大，念时，尚不费劲。在这时候，只好给你写这封回信。

劳云，我对了因所说，哪得天下荒山，重叠围合，做个大监牢——野兽当逻卒，古树作栅栏，烟云拟桎梏，茑萝为锁链——闲散地囚禁你这流动人愁怀的诗犯？不想你真要自首去了！去也好，但我只怕你一去到那里便成诗境，不是诗牢了。

你问我为什么叫你做诗犯，我自己也不知其所以然。我觉得你的诗虽然很好，可是你心里所有的和手里写出来的总不能适合，不如把笔摔掉，到那只许你心儿领会的诗牢去更妙。遍世间尽是诗境，所以诗人易做。诗人无论遇着什么，总不肯静嘿着，非发出些愁苦的诗不可，真是难解。譬如今夜夜色，若你在时，必要把院里所有的调戏一番，非教它们都哭了，你不甘心。这便是你的过犯了。所以我要叫你做诗犯，很盼望你做个诗犯。

一手按着手电灯，一手写字，很容易乏，不写了。今夜起来，本不是为给你写回信，然而在不知不觉中，就误了我半小时，不能和我那个"月"默谈。这又是你的罪过！

院里的虫声直如鬼哭，听得我毛发尽竦。还是埋头枕底，让那只小鼠畅饮一场罢。

给琰光

不能投递之原因——琰光南归就婚，嘱所有男女来书均退回。

你在我心中始终是一个生面人，彼此间再也不能有什么微妙深沉的认识了，这也是难怪的。白孔雀和白熊虽是一样清白，而性情的冷暖各不相同，故所住的地方也不相同。我看出来了！你是白熊，只宜徘徊于古冰峥嵘的岩壑间，当然不能与我这白孔雀一同飞翔于缨藤缕缕、繁花树树的森林里。可惜我从前对你所有意绪，到今日落得寸断毫分，流离到踪迹都无。我终恨我不是创作者呀！怎么连这刹那等速的情爱时间也做不来？

我热极了，躺在病床上，只是同冰做伴。你的情愫也和冰一样，我愈热，你愈融，结果只使我戴着一头冷水。就是在手中的，也消融尽了。人间第一痛苦就是无情的人偏会装出多情的模样，有情的倒是缄口束手，无所表示！启芳说我是泛爱者，劳生说我是兼爱者，但我自己却以为我是困爱者。我实对你说，我自己实不敢作，也不能作爱恋业，为困于爱，故镇日颠倒于这甜苦的重围中，不能自行救度。爱的沉沦是一切救主所不能救的。爱的迷蒙是一切"天人师"所不能训诲开示的。爱的刚愎是一切"调御丈夫"所不能降伏的。

病中总希望你来看看我，不想你影儿不露，连信也不来！似游丝的情绪只得因着记忆的风挂搭在西园西篱，晚霞现处。那里站着我儿时曾爱，现在犹爱的邕。她是我这一生第一个女伴，二十四年的别离，我已成年，而心像中的邕还是两股小辫垂在绿衫儿上。毕竟是别离好呵！别离的人总不会老的，你不来也就罢了，因为我更喜欢在旧梦中寻找你。

你去年对我说那句话，这四百日中，我未尝忘掉要给你一个解答。你说爱是你的，你要予便予，要夺便夺。又说要得你的爱须付代价。咦，你老脱不掉女人的骄傲！无论是谁，都不能有自己的爱。你未生以前，爱恋早已存在，不过你偷了些少来眩惑人罢了。你到底是个爱的小窃，同时是个爱的典质者。你何尝花了一丝一毫的财宝，或费了一言一动的劳力去索取爱恋，你就想便宜得来，高贵地售出？人间第二痛苦就是出无等的代价去买不用劳力得来的爱恋。我实在告诉你，要代价的爱情，我买不起。

焦把纸笔拿到床边，追着我写信给你，不得已才写了这一套话。我心里告诉我说，从诚实心表见出来的言语，永不致于得罪人，所以我想上头所说的不会动你的怒。

给憬然三姑

不能投递之原因——本宅并无"三姑"称谓。

我来找你，并不是不知道你已嫁了，怎么你总不敢出来和我叙叙旧话？我一定要认识你的"天"以后才可以见你么？三千里的海山，十二年的隔绝，此间：每年、每月、每个时辰、每一念中都盼着要再会你。一踏入你的大门，我心便摆得如秋千一般，几乎把心房上的大脉震断了。谁知坐了半天，你总不出来！好容易见你出来，客气话说了，又坐我背后。那时许多人要与我谈话，我怎好意思回过脸去向着你？

合卺酒是女人的懵兜汤，一喝便把儿女旧事都忘了，所以你一见了我，只似曾相识，似不相识，似怕人知道我们曾相识，两意三心，把旧时的好话都撇在一边。

那一年的深秋，我们同在昌华小榭赏残荷。我的手误触在竹栏边的仙人掌上，竟至流血不止。你从你的镜囊取出些粉纸，又拔两根你香柔而黑甜的头发，为我裹缠伤处。你记得那时所说的话么？你说："这头发虽然不如弦的韧，用来缠伤，足能使得，就是用来系爱人的爱也未必不能胜任。"你含羞说出的话真果把我心系住，可是你的记忆早与我的伤痕一同丧失了。

又是一年的秋天，我们同在屋顶放一只心形纸鸢。你扶着我的肩膀看我把线放尽了。纸鸢腾得很高，因为风力过大，扯得线儿欲断不断。你记得你那时所说的话么？你说："这也不是'红线'，容它断了罢。"我说："你想我舍得把我偷闲做成的'心'放弃掉么？纵然没有红线，也不能容它流落。"你说："放掉假心，还有真心呢。"你从我手里把白线夺过去，一撒手，纸鸢便

21

翻了无数的筋斗，带着堕线飞去，挂在皇觉寺塔顶。那破心的纤维也许还存在塔上，可是你的记忆早与当时的风一样地不能追寻了。

有一次，我们在流花桥上听鹧鸪，你的白袜子给道旁的曼陀罗花汁染污了。我要你脱下来，让我替你洗净。你记得当时你说什么来？你说："你不怕人笑话么，——岂有男子给女人洗袜子的道理？你忘了我方才用栀子花蒂在你掌上写了我的名字么？一到水里，可不把我的名字从你手心洗掉，你怎舍得？"唉，现在你的记忆也和写在我掌上的名字一同消灭了！

真是！合卺酒是女人懵兜汤，一喝便把儿女旧事都忘了。但一切往事在我心中都如残机的线，线线都相连着，一时还不能断尽。我知道你现在很快活，因为有了许多子女在你膝下。我一想起你，也是和你对着儿女时一样地喜欢。

给爽君夫妇

不能投递之原因——爽君逃了，不知去向。

你的问题，实在是时代问题，我不是先知，也不能决定说出其中的奥秘。但我可以把几位朋友所说的话介绍给你知道，你定然要很乐意地念一念。

我有一位朋友说："要双方发生误解，才有爱情。"他的意思以为相互的误解是爱情的基础。若有一方面了解，一方面误解，爱也无从悬挂的。若两方面都互相了解，只能发生更好的友谊罢了。爱情的发生，因为我不知道你是怎么一回事，你不知道我是怎么一回事。若彼此都知道很透彻，那时便是爱情的老死期到了。

又有一位朋友说："爱情是彼此的帮助：凡事不顾自己，只顾人。"这句话，据我看来，未免广泛一点。我想你也知道其中不尽然的地方。

又有一位朋友："能够把自己的人格忘了，去求两方更高的共同人格便是爱情。"他以为爱情是无我相的，有"我"的执着不能爱，所以要把人格丢掉；然而人格在人间生活的期间内是不能抛弃的，为这缘故，就不能不再找一个比自己人格更高尚的东西。他说这要找的便是共同人格。两方因为再找一个共同人格，在某一点上相遇了，便连合起来成为爱情。

此外有许多陈腐而很新鲜的论调我也不多说了。总之，爱情是非常神秘，而且是一个人一样的。近时的作家每要夸炫说："我是不写爱情小说，不做爱情诗的。"介绍一个作家，也要说："他是不写爱情的文艺的。"我想这就是我们不能了解爱情本体的原因。爱情就是生活，若是一个作家不会描写，或不敢描写，他便不配写其余的文艺。

我自信我是有情人，虽不能知道爱情的神秘，却愿多多地描写爱情生活。我立愿尽此生，能写一篇爱情生活，便写一篇；能写十篇，便写十篇；能写百、千、亿万篇，便写百、千、亿万篇。立这志愿，为的是安慰一般互相误解、不明白的人。你能不骂我是爱情牢狱的广告人么？

这信写来答覆爽君。亦雄也可同念。

复诵幼

不能投递之原因——该处并无此人。

"是神造宇宙、造人间、造人、造爱；还是爱造人、造人间、

23

造宇宙、造神？"这实与"是男生女，是女生男"的旧谜一般难决。我总想着人能造的少，而能破的多。同时，这一方面是造，那一方面便是破。世间本没有"无限"。你破璞来造你的玉簪，破贝来造你的珠珥，破木为梁，破石为墙，破蚕、棉、麻、麦、牛、羊、鱼、鳖的生命来造你的日用饮食，乃至破五金来造货币、枪弹，以残害同类、异种的生命。这都是破造双成的。要生活就得破。就是你现在的"室家之乐"也从破得来。你破人家亲子之爱来造成的配偶，又何尝不是破？破是不坏的，不过现代的人还找不出破坏量少而建造量多的一个好方法罢了。

你问我和她的情谊破了不，我要诚实地回答你说：诚然，我们的情谊已经碎为流尘，再也不能复原了；但在清夜中，旧谊的鬼灵曾一度蹑到我记忆的仓库里，悄悄把我伐情的斧——怨恨——拿走。我揭开被褥起来，待要追它，它已乘着我眼中的毛轮飞去了。这不易寻觅的鬼灵只留它的踪迹在我书架上。原来那是伊人的文件！我伸伸腰，揉着眼，取下来念了又念，伊人的冷面复次显现了。旧的情谊又从字里行间复活起来。相怨后的复和，总解不通从前是怎么一回事，也诉不出其中的甘苦。心面上的青紫惟有用泪洗濯而已。有涩泪可流的人还算不得是悲哀者。所以我还能把壁上的琵琶抱下来弹弹，一破清夜的岑寂。你想我对着这归来的旧好必要弹些高兴的调子。可是我那夜弹来弹去只是一阕《长相忆》，总弹不出《好事》！这奈何，奈何？我理会从记忆的坟里复现的旧谊，多年总有些分别。但玉在她的信里附着几句短词嘲我说：

> 噫，说到相怨总是表面事，
>
> 心里的好人儿仍是旧相识。
>
> 是爱是憎本容不得你做主，

你到底是个爱恋的奴隶！

她所嘲于我的未免太过。然而那夜的境遇实是我破从前一切情愫所建造的。此后，纵然表面上极淡的交谊也没有，而我们心心的理会仍可以来去自如。

你说爱是神所造，劝我不要拒绝，我本没有拒绝，然而憎也是神所造，我又怎能不承纳呢？我心本如香水海，只任轻浮的慈惠船载着喜爱的花果在上面游荡。至于满载痴石嗔火的簰筏，终要因它的危险和沉重而消没净尽，焚毁净尽。爱憎既不由我自主，那破造更无消说了。因破而造，因造而破，缘因更迭，你哪能说这是好，那是坏？至于我的心迹连我自己也不知道，你又怎能名其奥妙？人到无求，心自清宁，那时既无所造作，亦无所破坏。我只觉我心还有多少欲念除不掉，自当勇敢地破灭它至于无余。

你，女人，不要和我讲哲学。我不懂哲学。我劝你也不要希望你脑中有百"论"、千"说"、亿万"主义"，那由他"派别"，辩来论去，逃不出鸡子方圆的争执。纵使你能证出鸡子是方的，又将如何？你还是给我讲讲音乐好。近来造了一阕《暖云烘寒月》琵琶谱，顺抄一份寄给你。这也是破了许多工夫造得来的。

复真龄

不能投递之原因——真龄去国，未留住址。

自与那人相怨后，更觉此生不乐。不过旧时的爱好，如洁白的寒鹭。三两时间飞来歇在我心中泥泞的枯塘之岸，有时漫涉到将干未干的水中央，还能使那寂静的平面随着她的步履起些微波。

　　唉，爱姊姊和病弟弟总是孪生的呵！我已经百夜没睡了。我常说，我的爱如香洌的酒，已经被人饮尽了，我哀伤的金罍里只剩些残冰的融液，既不能醉人，又足以冻我齿牙。你试想，一个百夜不眠的人，若渴到极地，就禁得冷饮么？

　　"为爱恋而去的人终要循着心境的爱迹归来"，我老是这样地颠倒梦想。但两人之中，谁是为爱恋先走开的？我说那人，那人说我。谁也不肯循着谁的爱迹归来。这委是一件胡卢事！玉为这事也和你一样写信来呵责我，她真和她眼中的瞳子一样，不用镜子就映不着自己。所以我给她寄一面小镜去。她说："女人总是要人爱的"。难道男子就不是要人爱的？她当初和球一自相怨后，也是一样蒙起各人的面具，相逢直如不识。他们两个复和，还是我的工夫，我且写给你看。

　　那天，我知道球要到帝室之林去赏秋叶，就怂恿她与我同去。我远地看见球从溪边走来，借故撇开她，留她在一棵枫树下坐着，自己藏在一边静观。人在落叶上走是秘不得的。球的足音，谅她听得着。球走近树边二丈相离的地方也就不往前进了。他也在一根横卧的树根上坐下，拾起枯枝只顾挥拨地上的败叶。她偷偷地看球，不做声，也不到那边去。球的双眼有时也从假意低着的头斜斜地望她。他一望，玉又假做看别的了。谁也不愿意表明谁看着谁来。你知道这是很平常的事。由爱至怨，由怨至于假不相识，由假不相识也许能回到原来的有情境地。我见如此，故意走回来，向她说："球在那边哪！"她回答："看见了。"你想这话若多两个字"钦此"，岂不成这娘娘的懿旨？我又大声嚷球。他的回答也是一样地庄严，几乎带上"钦此"二字。我跑去把球揪来。对他们说："你们彼此相对道道歉，如何？"到底是男子容易劝。球到她跟前说："我也不知道怎样得罪你。他迫着我向你道歉，我就向你道歉罢。"她望着球，心里愉悦之情早破了她的双颊冲出来。她说："人为什么不能自主到这步田地？连道个歉也要朋友迫着来。"好了，他们重新说起话来了！

她是要男子爱的，所以我能给她办这事。我是要女人爱的，故毋需去瞅睬那人，我在情谊的道上非常诚实，也没有变动，是人先离开的。谁离开，谁得循着自己心境的爱迹归来。我哪能长出千万翅膀飞入苍茫里去找她？再者，他们是醉于爱的人，故能一说再合。我又无爱可醉，犯不着去讨当头一棒的冷话。您想是不是？

给怀霄

　　不能投递之原因——此信遗在道旁，由陈斋夫拾回。

好几次写信给你都从火炉里捎去。我希望当你看见从我信笺上出来那几缕烟在空中飘扬的时候，我的意见也能同时印入你的网膜。

怀霄，我不愿意写信给你的缘故，因为你只当我是有情的人，不当我是有趣的人。我尝对人说，你是可爱的，不过你游戏天地的心比什么都强，人还够不上爱你。朋友们都说我爱你，连你也是这样想，真是怪事！你想男女得先定其必能相爱，然后互相往来么？好人甚多，怎能个个爱恋他？不过这样的成见不止你有，我很可以原谅你。我的朋友，在爱的田园中，当然免不了三风四雨。从来没有不变化的天气能教一切花果开得斑斓，结得磊砢的。你连种子还没下，就想得着果实，便是办不到的。我告诉你，真能下雨的云是一声也不响的。不掉点儿的密云，雷电反发射得弥满天地。所以人家的话，不一定就是事实，请你放心。

男子愿意做女人的好伴侣、好朋友，可不愿意当她们的奴才，供她们使令。他愿意帮助她们，可不喜欢奉承谄媚她们，男子就是男子，媚是女人的事。你若把"女王""女神"的尊号暂时收在镜囊里，一定要得着许多能帮助你的朋友。我知道你的性地很冷酷，你不但不愿意得几位新的好友，或极疏淡的学问之交，连旧的你也要一个一个弃绝掉。嫁了的女朋友，和做了官的男相识，都是不念旧好的。与他们见面时，常竟如路人。你还未嫁，还未做官，不该施行那样的事情。我不是呵责你，也不是生气——就使你侮辱我到极点，我也不生气。我不过尽我的情劝告你罢了。说到劝告，也是不得已的。这封信也是在万不得已的境遇底下写的。写完了，我还是盼望你收不到。

复少觉

不能投递之原因——受信人地址为墨所污，无法投递。

同年的老弟：我知道怀书多病，故月来未尝发信问候，恐惹起她的悲怨。她自说："我有心事万缕，总不愿写出、说出；到无可奈何时节，只得由它化作血丝飘出来。"所以她也不写信告诉我她到底是害什么病。我想她现时正躺在病榻上呢。

唉，怀书的病是难以治好的。一个人最怕有"理想"。理想不但能使人病，且能使人放弃他的性命。她甚至抱着理想的理想，怎能不每日病透二十四小时？她常对我说："有而不完全，宁可不有。"你想"完全"真能在人间找得出来的么？就是遍游亿万尘沙世界，经过庄严劫，贤劫，星宿劫，也找不着呀！不完全的世界怎能有完全的人？她自己也不完全，怎配想得一个完全的男子？纵使世间真有一个完全的男子，与她理想的理想一样，那男子对她未必就能起敬爱。罢了！这又是一种渴鹿趋阳焰的事，即令他有千万蹄，每蹄各具千万翅膀，飞跑到旷野尽处，也不能得点滴的水。何况她还盼望得到绿洲做她的憩息饮食处？朋友们说她是"愚拙的聪明人"，诚然！她真是一个万事伶俐，一时懵懂的女人。她总没想到"完全"是由妖魔画空而成，本来无东西，何能捉得住？多才、多艺、多色、多意想的人最容易犯理想病。因为有了这些，魔便乘隙于她心中画等等极乐；饰等等庄严；造等等偶像；使她这本来辛苦的身心更受造作安乐的刑罚。这刑罚，除了世人以为愚拙的人以外，谁也不能免掉。如果她知道这是魔的诡计，她就泅近解脱的岸边了，"理想"和毒花一样，眼看是美，却拿不得。三家村女也知道开美丽的花的多是毒草，总不敢取来做肴馔，可见真正聪明人还数不到她。自求辛螫的人除用自己的泪来调反省的药饵以外，再没有别样灵方。医生说她外表似冷，内里却中了很深的繁花毒。由毒生热恼，恼极成劳，故呕心有血。我早知她的病原在此，只恨没有神变威力，幻作大白香象，到阿耨达池去，吸取些清凉水来与她灌顶，使她表里俱冷。虽然如此，我还尽力向她劝说，希望她自己能调伏她理想的热毒。我写到这里，接朋友的信说她病得很凶，我得赶紧去看看她。

无法投递之邮件（续）

一　给怜生

　　偶出郊外，小憩野店，见绿榕叶上糁满了黄尘。树根上坐着一个人，在那里呻吟着。袅说大概又是常见的那叫化子在那里演着动人同情或惹人憎恶的营生法术罢。我喝过一两杯茶，那凄楚的声音也和点心一齐送到我面前，不由得走到树下，想送给那人一些吃的用的。我到他跟前，一看见他的脸，却使我失惊。怜生，你说他是谁？我认得他，你也认得他。他就是汕市那个顶会弹三弦的殷师。你记得他一家七八口就靠着他那十个指头按弹出的声音来养活的。现在他对我说他的一只手已留在那被贼格杀的城市里。他的家也教毒火与恶意毁灭了。他见人只会嚷："手——手——手！"再也唱不出什么好听的歌曲来。他说："求乞也求不出一只能弹的手，白活着是无意味的。"我安慰他说："这是贼人行凶的一个实据，残废也有残废生活的办法，乐观些罢。"他说，假使贼人切掉他一双脚，也比去掉他一个指头强。有完全的手，还可以营谋没惭愧的生活。我用了许多话来鼓励他，最后对他说："一息尚存，机会未失。独臂擎天，事在人为。把你的遭遇唱出来，没有一只手，更能感动人，使人人的手举起来，为你驱逐丑贼。"他沉吟了许久，才点了头。我随即扶他起来。他的脸黄瘦得可怕，除掉心情的愤怒和哀伤以外，肉体上的饥饿、疲乏和感冒，都聚在他身上。

我们同坐着小车，轮转得虽然不快，尘土却随着车后卷起一阵阵的黑旋风。头上一架银色飞机掠过去。殷师对于飞机已养成一种自然的反射作用，一听见声音就蜷伏着。袅说那是自己的，他才安心。回到城里，看见报上说，方才那机是专载烤火鸡到首都去给夫人小姐们送新年礼的。好贵重的礼物！它们是越过满布残肢尸体的战场、败瓦颓垣的村镇，才能安然地放置在粉香脂腻的贵女和她们的客人面前。希望那些烤红的火鸡，会将所经历的光景告诉她们。希望它们说：我们的人民，也一样地给贼人烤着吃咧！

二　答寒光

你说你佩服近来流行的口号：革命是不择手段的。我可不敢赞同。革命是为民族谋现在与将来的福利的伟大事业，不像泼一盆脏水那么简单。我们要顾到民族生存的根本条件，除掉经济生活以外，还要顾到文化生活。纵然你说在革命的过程中文化生活是不重要的，因为革命便是要为民族制造一个新而前进的文化，你也得做得合理一点，经济一点。

革命本来就是达到革新目的的手段。要达到目的地，本来没限定一条路给我们走。但是有些是崎岖路，有些是平坦途，有些是捷径，有些是远道。你在这些路程上，当要有所选择。如你不择道路，你就是一个最笨的革命家。因为你为选择了那条崎岖又复辽远的道路，你岂不是白糟蹋了许多精力、时间与物力？领导革命从事革命的人，应当择定手段。他要执持信义、廉耻、振奋、公正等等精神的武器，踏在共利互益的道路上，才能有光明的前途。要知道不问手段去革命，只那手段有时便可成为前途最大的障碍。何况反革命者也可以不问手段地摧残你的工作？所以革命要择优越的、坚强的与合理的手段；不择手段的革命是作乱，不是造福。你赞同我的意思罢！写到此处，忽觉冷气袭人，于是急闭窗户，移座近火，也算卫生上所择的手段罢，一笑。

雍来信说她面貌丑陋，不敢登场。我已回信给她说，戏台上的人物不见得都美，也许都比她丑。只要下场时留得本来面目，上场显得自己性格，涂朱画墨，有何妨碍？

三　给华妙

瑰容她的儿子加入某种秘密工作。孩子也干得很有劲。他看不起那些不与他一同工作的人们，说他们是活着等死。不到几个月，秘密机关被日人发现，因而打死了几个小同志。他幸而没被逮去，可是工作是不能再进行了，不得已逃到别处去。他已不再干那事，论理就该好好地求些有用的知识，可是他野惯了，一点也感觉不到知识的需要。他不理会他们的秘密的失败是由组织与联络不严密和缺乏知识，他常常举出他的母亲为例，说受了教育只会教人越发颓废，越发不振作，你说可怜不可怜！

瑰呢？整天要钱。不要钱，就是跳舞；不跳舞，就是……总而言之，据她的行为看来，也真不像是鼓励儿子去做救国工作的母亲。她的动机是什么，可很难捉摸。不过我知道她的儿子当对她的行为表示不满意。她也不喜欢他在家里，尤其是有客人来找她的时候。

前天我去找她，客厅里已有几个欧洲朋友在畅谈着。这样的盛会，在她家里是天天有的。她在群客当中，打扮得像那样的女人。在谈笑间，常理会她那抽烟、耸肩、瞟眼的姿态，没一样不是表现她的可鄙。她偶然离开屋里，我就听见一位外宾低声对着他的同伴说："她很美，并且充满了性的引诱。"另一位说："她对外宾老是这样的美利坚化。……受欧美教育的中国妇女，多是擅于表欧美的情的，甚至身居重要地位的贵妇也是如此。"我是装着看杂志，没听见他们的对话，但心里已为中国文化掉了许多泪。华妙，我不是反对女子受西洋教育。我反对一切受西洋教育的男女忘记了自己是什么样人，自己有什么文化。大人先生们整天在讲什么"勤俭""朴素""新生活""旧道德"，但是节节失败在自己的家庭里头，一想起来，除掉血，还有什么可呕的？

危巢坠简

一　给少华

近来青年人新兴了一种崇拜英雄的习气，表现的方法是跋涉千百里去向他们献剑献旗。我觉得这种举动不但是孩子气，而且是毫无意义。我们的领袖镇日在戎马倥偬、羽檄纷沓里过生活，论理就不应当为献给他们一把废铁镀银的、中看不中用的剑，或一面铜线盘字的幡不像幡、旗不像旗的东西，来耽误他们宝贵的时间。一个青年国民固然要崇敬他的领袖，但也不必当他们是菩萨，非去朝山进香不可。表示他的诚敬的不是剑，也不是旗，乃是把他全副身心献给国家。要达到这个目的，必要先知道怎样崇敬自己，不会崇敬自己的，决不能真心崇拜他人。崇敬自己不是骄慢的表现，乃是觉得自己也有成为一个有为有用的人物的可能与希望，时时刻刻地、兢兢业业地鼓励自己，使他不会丢失掉这可能与希望。

在这里，有个青年团体最近又举代表去献剑，可是一到越南，交通已经断绝了。剑当然还存在他们的行囊里，而大众所捐的路费，据说已在异国的舞娘身上花完了。这样的青年，你说配去献什么？害中国的，就是这类不知自爱的人们哪。可怜，可怜！

二　给樨人

每日都听见你在说某某是民族英雄，某某也有资格做民族英雄，好像这是一个官衔，凡曾与外人打过一两场仗，或有过一二分功劳的都有资格受这个徽号。我想你对于"民族英雄"的观念是错误的。曾被人一度称为民族英雄的某某，现在在此地拥着做"英雄"的时期所榨取于民众和兵士的钱财，做了资本家，开了一间工厂，驱使着许多为他的享乐而流汗的工奴。曾自诩为民族英雄的某某，在此地吸鸦片，赌轮盘，玩舞戈，和做种种堕落的勾当。此外，在你所推许的人物中间，还有许多是平时趾高气扬，临事一筹莫展的"民族英雄"。所以说，苍蝇也具有蜜蜂的模样，不仔细分辨不成。

魏冰叔先生说："以天地生民为心，而济以刚明通达沉深之才，方算得第一流人物。"凡是够得上做英雄的，必是第一流人物，试问亘古以来这第一流人物究竟有多少？我以为近几百年来差可配得被称为民族英雄的，只有郑成功一个人，他于刚明敏达四德具备，只惜沉深之才差一点。他的早死，或者是这个原因。

其他人物最多只够得上被称为"烈士""伟人""名人"罢了。《文予·微明篇》所列的二十五等人中，连上上等的神人还够不上做民族英雄，何况其余的？我希望你先把做成英雄的条件认识明白，然后分析民族对他的需要和他对于民族所成就的功绩，才将这"民族英雄"的徽号赠给他。

三　复成仁

来信说在变乱的世界里，人是会变畜生的。这话我可以给你一个事实的证明。小汕在乡下种地的那个哥哥，在三个月前已经变了马啦。你听见这新闻也许会骂我荒唐，以为在科学昌明的时代还有这样的怪事，但我请你忍耐看下去就明白了。

岭东的沦陷区里，许多农民都缺乏粮食，是你所知道的。即如没沦陷的地带也一样地闹起米荒来。当局整天说办平粜，向南洋华侨捐款，说起来，米也有，钱也充足，而实际上还不能解决这严重的问题，不晓得真是运输不便呢，还是另有原因呢？一般率直的农民受饥饿的迫胁总是向阻力最小、资粮最易得的地方奔投。小汕的哥哥也带了充足的盘缠，随着大众去到韩江下游的一个沦陷口岸，在一家小旅馆投宿，房钱是一天一毛，便宜得非常。可是第二天早晨，他和同行的旅客都失了踪！旅馆主人一早就提了些包袱到当铺去。回店之后，他又把自己幽闭在账房里数什么军用票。店后面，一股一股的卤肉香喷放出来。原来那里开着一家卤味铺，卖的很香的卤肉、灌肠、熏鱼之类。肉是三毛一斤，说是从营盘批出来的老马，所以便宜得特别。这样便宜的食品不久就被吃过真正马肉的顾客发现了它的气味与肉里都有点不对路，大家才同调地怀疑说："大概是来路的马罢。"可不是！小汕的哥哥也到了这类的马群里去了！变乱的世界，人真是会变畜生的。

　　这里，我不由得有更深的感想，那使同伴在物质上变牛变马，是由于不知爱人如己，虽然可恨可怜，还不如那使自己在精神上变猪变狗的人们。他们是不知爱己如人，是最可伤可悲的。如果这样的畜人比那些被食的人畜多，那还有什么希望呢？

海世间

我们的人间只有在想象或淡梦中能够实现罢了。一离了人造的海上社会，心里便想到此后我们要脱离等等社会律的桎梏，来享受那乐行忧违的潜龙生活。谁知道一上船，那人造人间所存的受、想、行、识，都跟着我们入了这自然的海洋！这些东西，比我们的行李还多，把这一万二千吨的小船压得两边摇荡。同行的人也知道船载得过重，要想一个好方法，教它的负担减轻一点，但谁能有出众的慧思呢？想来想去，只有吐些出来，此外更无何等妙计。

这方法虽是很平常，然而船却轻省得多了。这船原是要到新世界去的哟，可是新世界未必就是自然的人间。在水程中，虽然把衣服脱掉了，跳入海里去学大鱼的游泳，也未必是自然。要是闭眼闷坐着，还可以有一点勉强的自在。

船离陆地远了，一切远山疏树尽化行云。割不断的轻烟，缕缕丝丝从烟囱里舒放出来，慢慢地往后延展。故国里，想是有人把这烟揪住吧。不然就是我们之中有些人的离情凝结了，乘着轻烟家去。

呀！他的魂也随着轻烟飞去了！轻烟载不起他，把他摔下来。堕落的人连浪花也要欺负他，将那如弹的水珠一颗颗射在他身上。他几度随着波涛浮沉，气力有点不足，眼看要沉没了，幸而得文鳐的哀怜，展开了帆鳍搭救他。

文鳐说："你这人太笨了，热火燃尽的冷灰，岂能载得你这焰红的情怀？我知道你们船中定有许多多情的人儿，动了乡思。我们一队队跟船走，又飞又泳，指望能为你们服劳，不料你们反拍着掌笑我们，驱逐我们。"

他说："你的话我们怎能懂得呢？人造的人间的人，只能懂得人造的语言罢了。"

文鳐摇着他口边那两根短须，装作很老成的样子，说："是谁给你分别的，什么叫人造人间，什么叫自然人间？只有你心里妄生差别便了。我们只有海世间和陆世间的分别，陆世间想你是经历惯的；至于海世间，你只能从想象中理会一点。你们想海里也有女神，五官六感都和你们一样。戴的什么珊瑚、珠贝，披的什么鲛纱、昆布。其实这些东西，在我们这里并非稀奇难得的宝贝。而且一说人的形态便不是神了。我们没有什么神，只有这蔚蓝的盐水是我们生命的根源。可是我们生命所从出的水，于你们反有害处。海水能夺去你们的生命。若说海里有神，你应当崇拜水，毋需再造其他的偶像。"

他听得呆了，双手扶着文鳐的帆鳍，请求他领他到海世间去。文鳐笑了，说："我明说水中你是生活不得的。你不怕丢了你的生命么？"

他说："下去一分时间，想是无妨的。我常想着海神的清洁、温柔、娴雅等等美德；又想着海底的花园有许多我不曾见过的生物和景色，恨不得有人领我下去一游。"

文鳐说："没有什么，没有什么，不过是咸而冷的水罢了，海的美丽就是这么简单——冷而咸。你一眼就可以望见了。何必我领你呢？凡美丽的事物，都是这么简单的。你要求它多么繁复、热烈，那就不对了。海世间的生活，你是受不惯的，不如送你回船上去吧。"

那鱼一振鳍，早离了波阜，飞到舷边。他还舍不得回到这真是人造的陆世界来，眼巴巴只怅望着天涯，不信海就是方才所听情况。从他想象里，试要构造些海底世界的光景。他的海中景物真个实现在他梦想中了。

海角的孤星

一走近舷边看浪花怒放的时候，便想起我有一个朋友曾从这样的花丛中隐藏他的形骸。这个印象，就是到世界的末日，我也忘不掉。

这桩事情离现在已经十年了。然而他在我的记忆里却不像那么久远。他是和我一同出海的。新婚的妻子和他同行，他很穷，自己买不起头等舱位。但因新人不惯行旅的缘故，他乐意把平生的蓄积尽量地倾泻出来，为他妻子订了一间头等舱。他在那头等船票的佣人格上填了自己的名字，为的要省些资财。

他在船上哪里像个新郎，简直是妻的奴隶！旁人的议论，他总是不理会的。他没有什么朋友，也不愿意在船上认识什么朋友，因为他觉得同舟中只有一个人配和他说话。这冷僻的情形，凡是带着妻子出门的人都是如此，何况他是个新婚者？

船向着赤道走，他们的热爱，也随着增长了。东方人的恋爱本带着几分爆发性，纵然遇着冷气，也不容易收缩。他们要去的地方是槟榔屿附近一个新辟的小埠。下了海船，改乘小舟进去。小河边满是椰子、棕枣和树胶林。轻舟载着一对新人在这神秘的绿荫底下经过，赤道下的阳光又送了他们许多热情、热觉、热血汗，他们更觉得身外无人。

他对新人说："这样深茂的林中，正合我们幸运的居处。我愿意和你永远住在这里。"

新人说："这绿得不见天日的林中，只作浪人的坟墓罢了……"

他赶快截住说："你老是要说不吉利的话！然而在新婚期间，所有不吉利的语言都要变成吉利的。你没念过书，哪里知道这林中的树木所代表的意思。书里说：'椰子是得子息的徽识树'，因为椰子就是'迓子'。棕枣是表明爱与和平。树胶要把我们的身体粘得非常牢固，至于分不开。你看我们在这林中，好像双星悬在鸿蒙的穹苍下一般。双星有时被雷电吓得躲藏起来，而我们常要闻见许多歌禽的妙音和无量野花的香味。算来我们比双星还快活多了。"

新人笑说："你们念书人的能干只会在女人面前搬唇弄舌罢。好听极了！听你的话语，也可以不用那发妙音的鸟儿了，有了别的声音，倒嫌噪杂咧！……可是，我的人哪，设使我一旦死掉，你要怎办呢？"

这一问，真个是平地起雷咧！但不晓得新婚的人何以常要发出这样的问。不错的，死的恐怖，本是和快乐的愿望一齐来的呀。他的眉不由得不皱起来了，酸楚的心却拥出一副笑脸，说："那么，我也可以做个孤星。"

"咦，恐怕孤不了吧。"

"那么，我随着你去，如何？"他不忍看着他的新人，掉头出去向着流水，两行热泪滴下来，正和船头激成的水珠结合起来。新人见他如此，自然要后悔，但也不能对她丈夫忏悔，因为这种悲哀的霉菌，众生都曾由母亲的胎里传染下来，谁也没法医治的。她只能说："得啦，又伤心什么？你不是说我们在这时间里，凡有不吉利的话语，都是吉利的么？你何不当做一种吉利话听？"她笑着，举起丈夫的手，用他的袖口，帮助他擦眼泪。

他急得把妻子的手摔开说："我自己会擦。我的悲哀不是你所能擦，更不是你用我的手所能灭掉的，你容我哭一会儿吧。我自己知道很穷，将要养不起你，所以你……"

妻子忙煞了，急掩着他的口，说："你又来了。谁有这样的心思？你要哭，哭你的，不许再往下说了。"

这对相对无言的新夫妇，在沉默中随着流水湾行，一直驶入林荫深处。自然他们此后定要享受些安泰的生活。然而在那邮件难通的林中，我们何从知道他们的光景？

三年的工夫，一点消息也没有！我以为他们已在林中做了人外的人，也就渐渐把他们忘了。这时，我的旅期已到，买舟从槟榔屿回来。在二等舱上，我遇见一位很熟的旅客。我左右思量，总想不起他的名姓，幸而他还认识我，他一见我便叫我说："落君，我又和你同船回国了！你还记得我吗？我想我病得这样难看，你绝不能想起我是谁。"他说我想不起，我倒想起来了。

我很惊讶，因为他实在是病得很厉害了。我看见他妻子不在身边，只有一个咿呀学舌的小婴孩躺在床上。不用问，也可断定那是他的子息。

他倒把别来的情形给我说了。他说："自从我们到那里，她就病起来。第二年，她生下这个女孩，就病得更厉害了。唉，幸运只许你空想的！你看她没有和我一同回来，就知道我现在确是成为孤星了。"

我看他憔悴的病容，委实不敢往下动问，但他好像很有精神，愿意把一切的情节都说给我听似的。他说话时，小孩子老不容他畅快地说。没有母亲的孩子，格外爱哭，他又不得不抚慰她。因此，我也不愿意扰他，只说："另日你精神清爽的时候，我再来和你谈吧。"我说完，就走出来。

那晚上，经过马来海峡，船震荡得很。满船的人，多犯了"海病"。第二天，浪平了。我见管舱的侍者，手忙脚乱地拿着一个麻袋，往他的舱里进去。一问，才知道他已经死了，侍者把他的尸洗净，用细台布裹好，拿了些废铁、几块煤炭，一同放入袋里，缝起来。他的小女儿还不知这是怎么一回事，只咿呀地说了一两句不相干的话。她会叫"爸爸""我要你抱""我要那个"等等简单的话。在这时，人们也没工夫理会她、调戏她了，她只独自说自己的。

黄昏一到，他的丧礼，也要预备举行了。侍者把麻袋拿到船后的舷边。烧了些楮钱，口中不晓得念了些什么，念完就把麻袋推入水里。那时船的推进机停了一会儿，隆隆之声一时也静默了。船中知道这事的人都远远站着看，虽和他没有什么情谊，然而在那时候却不免起敬的。这不是从友谊来的恭敬，本是非常难得，他竟然承受了！

他的海葬礼行过以后，就有许多人谈到他生平的历史和境遇。我也钻入队里去听人家怎样说他。有些人说他妻子怎样好，怎样可爱。他的病完全是因为他妻子的死，积哀所致的。照他的话，他妻子葬在万绿丛中，他却葬在不可测量的碧晶岩里了。

旁边有个印度人，拈着他那一大缕红胡子，笑着说："女人就是悲哀的萌蘖，谁叫他如此？我们要避掉悲哀，非先避掉女人的纠缠不可。我们常要把小女儿献给殃迦河神，一来可以得着神惠；二来省得她长大了，又成为一个使人悲哀的恶魔。"

我摇头说："这只有你们印度人办得到罢了，我们可不愿意这样办。诚然，女人是悲哀的萌蘗，可是我们宁愿悲哀和她同来，也不能不要她。我们宁愿她嫁了才死，虽然使她丈夫悲哀至于死亡，也是好的。要知道丧妻的悲哀是极神圣的悲哀。"

日落了，蔚蓝的天多半被淡薄的晚云涂成灰白色。在云缝中，隐约露出一两颗星星。金星从东边的海涯升起来，由薄云里射出它的光辉。小女孩还和平时一样，不懂得什么是可悲的事。她只顾抱住一个客人的腿，绵软的小手指着空外的金星，说："星！我要那个！"她那副嬉笑的面庞，迥不像个孤儿。

「七七」感言

　　欧洲有些自然科学家，以为战争是大自然的镰刀，用来修削人类中的枯枝败叶的。我不知道这话的真实程度有多高，我所知的是在人类还未达到"真人类"的阶段，战争是不能避免的。这所谓"真人类"，并非古生物学的，而是文化的。文化的真人是于物无贪求，于人无争持的。因为生物的人还没进化到文化的人，所以他的行为，有时还离不开畜道。在畜道上才有战争，在人道与畜道相遇时也有战争。畜生们为争一只腐鼠，也可以互相残啮到膏滴血流，同样地，它们也可以侵犯人。它们是不可以理喻的。在人道的立脚点上说，凡用非理的暴力来侵害他人的，如理论道绝的期候，当以暴力去制止它，使畜道不能在光天化日之下猖獗起来。

说了一大套好像不着边际的话，作者到底是何所感而言呢！他觉得许多动物虽名为人，而具有牛头马面狼心狗肺的太多，严格说起来还不能算是人，因此联想到畜道在人间的传染。童话里的"熊人""虎姑""狐狸精"，不过是"畜人"。至于"人狼""人狗""人猫""人马"，这简直是"人畜"。这两周年的御日工作也许会成将来很好的童话资料，我们理会暴日虽戴着"王道"的面具，在表演时却具足了畜道的特征。我们不可不知在我们中间也有许多堕在畜道上。此中最多的是"狗"和"猫"。我们中间的"人狗""人猫"，最可恶的有吠家狗与引盗狗，饕餮猫与懒惰猫。两年间的御日工作可以说对得人住，对得祖宗天地住。但是对于打狗轰猫这种清理家内的工作却令人有点不满意。

在御×工作吃紧的期间，忽然从最神圣的中枢里发出类乎向×乞怜的猾声，或不站在自己的岗位，而去指东摘西的，是吠家狗。甘心引狼入宅，吞噬家人的是引盗狗。我们若看见海港里运来一切御×时期所不需的货物，尤其是从"××船"来的，与大批的原料运到东洋大海去，便知道那是不顾群众利益，只求个人富裕的饕餮猫的所行。用公款做投机事业，对于国家购入的品物抽取回扣，或以劣替优，以贱充贵，也是饕餮猫的行径。具有特殊才干，在国家需要他的时候，却闭着眼，抚着耳，远远地躲在安全地带，那就是懒惰猫。这些"人狗"、"人猫"，多如牛毛，我们若不把它们除掉就不能脱离畜道在家里横行，虽有英勇的国士在疆场上与狼奋斗着，也不能令人不起功微事繁的感想。所以我们要加紧做打狗轰猫的工作。

又有些人以为民众知识缺乏，所以很容易变成迷途的羔羊，而为猫狗甚至为狼所利用。可是知识是不能绝对克服意志的，我们所怕的是意志薄弱易陷于悲观的迷途的牧者。在危难期间，没有迷途的羔羊，有的是迷途的牧者。我的意思不是鼓励舍弃知识，乃是要指出意志要放在知识之上，无论成败如何，当以正义的扶持为准绳，以人道的出现为极则。人人应成为超越的男女，而非卑劣的羔羊。人人在力量上能自救，在知识上能自存，在意志上能自决，然后配称为轩辕的子孙。这样我们还得做许多积极工作。一方面要摧毁败群的猫狗，一方面要扶植有为的男女，使他们成为优越的人类。非得如此，不能自卫，也不能救人，不配自卫，也不配救人。所以此后我们一部分的精神应贯注在整理内部，使我们的威力更加充实。那么，就使那些比狼百倍厉害的野兽来侵犯我们，我们也可以应付得来。为人道努力的人们，我们应当在各方面加紧工作，才不辜负两年来为这共同理想而牺牲的将士和民众。

英雄造时势与时势造英雄

在危急存亡的关头容易叫人想到英雄，所以因大风而思猛士不独是刘邦一个人的情绪，在任何时代都是有的。我们的民族处在今日的危机上，希望英雄的出现比往昔更为迫切。但是"英雄"这两个字的意义自来就没有很明确的解释，因此发生这篇论文所标的问题——到底英雄是时势造的呢？还是时势是英雄造的呢？"英雄"这两个字的真义需要详细地分析才能得到。固然我们不以一个能为路边的少女把宝饰从贼人的手里夺回来的人为英雄，可是连这样的小事都不能做的有时候也会受人崇拜。在这里，我们不能不对于英雄的意义划出一个范围来。

古代的英雄在死后没有不受人间的俎豆，崇拜他们为神圣的。照《礼记》祭法的规定，有被崇拜的资格的不外是五种。第一是"法施于民"的；第二是"以死勤事"的；第三是"以劳定国"的；第四是"能御大灾"的；第五是"能捍大患"的。"法施于民"是件使民有所，能依着他所给的方法去发展生活，像后稷能植百谷、后土能平九州，后世的人崇祀他们为圣人。（所谓圣人实际也是英雄的别名。）"以死勤事"是能够尽他的责任到死不放手，像舜死在苍梧之野、鲧死于洪水，也是后世所崇仰的圣人。"以劳定国"是能以劳力在国家危难的时候使它回复到平安的状态，像黄帝、禹、汤的功业一样。御大灾、捍大患，是对于天灾人患能够用方法抵御，使人民得到平安。这些是我们的祖先崇拜英雄的标准。大体说起来，"以死勤事"是含有消极性的，"以劳定国""能御大灾""能捍大患"，也许能用自己的智能，他们是介在消极与积极中间的。惟有"法施于民"的才是真正的圣人，他必须具有超人的智能才成。

看来，我们可以有两种英雄：一是消极的，二是积极的。消极的英雄只是保持已成的现状，使人民过平安的日子，教他们不受天灾人患的伤害，能够在不得已的时候牺牲自己的一切。积极的英雄是能为人群发明或发现新事和新法度，使他们能在停滞的生活中得到进步，在痛苦的生活中减少痛苦，换一句话，就是他能改造世界和增进人间的幸福。今日一般人心目中的英雄多半不是属于第二类，并且是属于第一类中很狭窄的一种，就是说，只有那为保护人民不惜生命的战士才被称为英雄。这种英雄不一定能造时势，甚或为时势所造。因为这类的英雄非先有一个时势排在他面前，不能显出他的本领，所以时势的分量比英雄本身来得重些。反过来说，积极的英雄并不等到人间生活发生什么障碍，才把他制造出来。人们看不到的痛苦，他先看到；人们还没遇到困难，他先想象出来。他在人们安于现成生活的时候为他们创制新生活，使他们向上发展。也许时势造出来的英雄也能达到这个目的，但是可能性很小。

真英雄必定是造时势者。时势被他造得成与不成，于他的英雄本色并无妨碍，事的成败不足为英雄的准度。通常的见解每以为成功者便是英雄，那是不确的。成功或由于机会好。"河无大鱼，小虾称王"，在一个没有特出人才的时境，有小本领便可做大事。这也是时势所造的一种英雄。还有些是偶然的成功，作者本身也梦想不到他会有那么样的成就。他对于自己的事业并没有明了的认识，也没有把握，甚至本来是要保守，到头来却变成革命，因为一般的倾向所归，他也乐得随从。这也是时势所造的一种英雄。还有些是剥削或榨取他人的智力或体力来制造自己的势力和地位。他的成功与受崇敬完全站在欺骗和剥削的黑幕前面。有时自己做不够，还要自己的家人亲戚来帮他做，揽到国家大权，便任用私人，培植爪牙。可怜的是混混沌沌的群众不会裁制他，并不是他真有英雄的本领。这也是时势所造的一种英雄。

我们细细地把历史读一遍，便觉得时势所造的英雄比造时势的英雄更多。这中间有一条很大的道理。我们姑且当造时势的英雄是人间所需求的真英雄，而这种英雄本是天生的。真英雄是超人，但假英雄或拟英雄也许是中人以下的"下人"（Underman）。所谓假英雄是指那班偶然得到意外的成功的投机家而言。所谓拟英雄是指那班被时势所驱遣，迫得去做轰轰烈烈的事业的苦干者而言。所谓下人是对于超人而言。他的智力与体质甚至不及中人。在世间里，中人都很少，超人更谈不上，等到黄河清也不定等得到一个出现。人间最可怜悯的是下人太多，尤其是从下人中产生出来的英雄比较多。这类的英雄若是过多，就于国族有害。怎么讲呢？因为他们没有中人的智力而做超人的权威，自我的意识太重，每持着群众的生命财产智能是为他们的光荣和地位而有的态度。这样损多数人以利少数人的情形便是封建制度。英雄与封建制度本来有密切的关系，但这里应当分别的是古代的封建英雄于其同时的一般群众中确实具有超人的能力，而现代的封建英雄只是靠机缘。哪怕他是乳臭未除，只要家里有人掌大权，他便是了不得的人物。哪怕他智能低劣，只要能够联络权要，他便是群众的领袖。他的方法是利用新闻和金钱来替他鼓吹，甚至神化一个过去的人物来做他的面具。一个人生时碌碌无奇，死后或者会被人当作"民族英雄"来崇拜，其原因多半在此。这类神化的民族英雄实际等于下劣民族的咒物。今日全世界人类的智力平均起来恐怕不及高等小学的程度，所以凡有高一点的知识而敢有所作为的都有做领袖或独裁者的可能。不过这并不是群众的福利。我们讲英雄的事业应当以全世界民众的福利为对象，损人利己固不足道，乃至用发展自己民族的口号去掠夺他民族的土地的也不能算是英雄。今日世界时局的困难多半由于这类的英雄所造成。如果我们缩小范围来讲一下我们的英雄，我们也会觉得有许多是下人中所产出的。他们的要求是金钱与名誉。金钱可以使他们左右时势，若说他们是造时势的英雄，其原动力只是这样，并非智能。名誉使他们享受群众的信仰，欺骗到万古流芳的虚荣。他们的要求既是如此低下，无怪他们只会把持武力，操纵金融，结党营私，持权逐利，毁群众的福利来增益自己。他们只会享受和浪费，并无何等远虑，以善巧方便得到金钱名誉之后，便走到海外去做寓公，将后半生事业付与第二帮民贼。

我们讲到假英雄之多，便想到在人群中是否个个有做英雄的可能。现在人间还是在一个不平等的情况底下过日子。不但是人所享受的不平等，最根本的是智力与体力的差异太甚。英雄是天生吗？不。英雄是依赖先天的遗传与后天的训练所造成的。英雄是有种的。我们应当从优生学的原理研求人种的改善，凡是智力不完、体质有亏的父母都不许他们传后代。反之，要鼓励身心健全的男女多从事于第二代民众的生育。这样，真英雄的体质与理智的基础先打稳固，造成英雄的可能性便多。否则生来生去，只靠"碰彩"，于人间将来的改进是毫无把握的。第二步还要使社会重视生育，好种的男女一生下来当要特意看护他们，注意训练他们，使他们的身心得以均衡地发展。现在已有科学家注意到食物与体质、性格与寿命的关系，可是最重要的还是选种，否则用科学方法来培养下人，延长他们的生命，使他们剥削群众的时间更长，那就不好了。

真英雄是不受时势所左右的。因为他是一个"形全于外，心全于中"的人，他的主见真而正，他的毅力恒而坚。他能时时检察自己，看出自己的弱点，而谋所以改善的步骤。事业的成败不是他所计较的，惟有正义与向上是要紧的。今日我们所渴望的是这样的英雄。我们对于强敌的侵略，所希望的抗敌英雄也要属于这一类的人物。战争在假英雄的眼光里是赌博的一种，但在真英雄的心目中，这事是正义的保障。为正义而战，虽不胜也应当做，毫无可疑的。

最后，我们还是希望造时势的英雄出现，惟有他才能拯民众于水火之中。等到人人的智力能够约束自己与发展自己，人间真正平等出现的时候，我们才不需要英雄。英雄本是蛮野社会遗下的名目，在智能平均与普遍发展像蜂蚁的社会可以说个个都是英雄，因为其中没有一个不能自卫，没有一个不能为群众牺牲自己。所以我想无论各个人达到身心健全，能利益群众的时代是全英雄时代，也是无英雄时代。

女子的服饰

人类说是最会求进步的动物，然而对于某种事体发生一个新意见的时候，必定要经过许久的怀疑，或是一番的痛苦，才能够把它实现出来。甚至明知旧模样旧方法的缺点，还不敢"斩钉截铁"地把它改过来咧。好像男女的服饰，本来可以随意改换的。但是有一度的改换，也必费了好些唇舌在理论上做工夫，才肯羞羞缩缩地去试行。所以现在男女的服饰，从形式上看去，却比古时好；如果从实质上看呢？那就和原人的装束差不多了。

服饰的改换，大概先从男子起首。古时男女的装束是一样的，后来男女有了分工的趋向，服饰就自然而然地随着换啦。男子的事业越多，他的服饰越复杂，而且改换得快。女子的工作只在家庭里面，而且所做的事与服饰没有直接的关系，所以它的改换也就慢了。我们细细看来，女子的服饰，到底离原人很近。

现时女子的服饰，从生理方面看去，不合适的地方很多。她们所谓之改换的，都是从美观上着想。孰不知美要出于自然才有价值，若故意弄成一种不自然的美，那缠脚娘走路的婀娜模样也可以在美学上占位置了。我以为现时女子的事业比往时宽广得多，若还不想去改换她们的服饰，就恐怕不能和事业适应了。

事业与服饰有直接的关系，从哪里可以看得出来呢？比如欧洲在大战以前，女子的服饰差不多没有什么改变。到战事发生以后，好些男子的事业都要请女子帮忙。她们对于某种事业必定不能穿裙去做的，就换穿裤子了；对于某种事业必定不能带长头发去做的，也就剪短了。欧洲的女子在事业上感受了许多不方便，方才把服饰渐渐地改变一点，这也是证明人类对于改换的意见是很不急进的。新社会的男女对于种种事情，都要求一个最合适的方法去改换它。既然知道别人因为受了痛苦才去改换，我们何不先把它改换来避去等等痛苦呢？

在现在的世界里头，男女的服饰是应当一样的。这里头的益处很大，我们先从女子的服饰批评一下，再提那改换的益处吧。我不是说过女子的服饰和原人差不多吗？这是由哪里看出来的呢？

第一样是穿裙。古时的男女没有不穿裙的。现在的女子也少有不穿裙的。穿裙的缘故有两种说法，（甲）因为古时没有想出缝裤的方法，只用树叶或是兽皮往身上一团；到发明纺织的时候，还是照老样子做上。（乙）是因为礼仪的束缚。怎么说呢？我们对于过去的事物，很容易把它当作神圣。所以常常将古人平日的行为，拿来当仪式的举动；将古人平日的装饰，拿来当仪式的衣冠。女子平日穿裤子是服装进步的一个现象。偏偏在礼节上就要加上一条裙，那岂不是很无谓吗？

第二样是饰品。女子所用的手镯、脚钏、指环、耳环等等物件，现在的人都想那是美术的安置。其实从历史上看来，这些东西都是以女子当奴隶的大记号，是新女子应当弃绝的。古时希伯来人的风俗，凡奴隶服役到期满以后不愿离开主人的，主人就可以在家神面前把那奴隶的耳朵穿了，为的是表明他已经永久服从那一家。希伯来语 Nezem 有耳环、鼻环两个意思。人类有时也用鼻环，然而平常都是兽类用的，可见穿耳穿鼻绝不是美术的要求，不过是表明一个永久的奴隶的记号便了，至于手镯、脚钏更是明而易见的，可以不必说了。有人要问耳环、手镯等物既然是奴隶用的，为什么从古以来这些东西都是用很实的材料去做呢？这可怪不得。人的装束有一分美的要求是不必说的，"披毛戴角编贝文身"，就是美的要求，和手镯耳环绝不相同的。用贵重的材料去做这些东西大概是在略婚时代以后。那时的女子虽说是由父母择配，然而父母的财产一点也不能带去，父母因为爱子的缘故，只得将贵重的材料去做这些装饰品，一来可以留住那服从的记号，二来可以教子女间接地承受产业。现在的印度人还有类乎这样的举动。印度女子也是不能承受父母的产业的，到要出嫁的时候，父母就用金镑或是银钱给她做装饰。将金钱连起来当饰品，也就没有人敢说那是父母的财产了。印度的新妇满身用"金镑链子"围住，也是和用贵重的材料去做装饰一样。不过印度人的方法妥当而且直接，不像用金银去打首饰的周折便了。

第三样是留发。头上的饰品自然是因为留长头发才有的，如果没有长头发，首饰也就无所附着了。古时的人类和现在的蛮族，男女留发的很多，断发的倒是很少。我想在古时候，男女留长头发是必须的，因为头发和他们的事业有直接的关系。人类起首学扛东西的方法，就是用头颅去顶的（现在好些古国还有这样的光景），他们必要借着头发做垫子。全身的毫毛惟独头发格外地长，也许是由于这个缘故发达而来的。至于当头发做装饰品，还是以后的事。装饰头发的模样非常之多，都是女子被男子征服以后，女子在家里没事做的时节，就多在身体的装饰上用功夫。那些形形色色的髻子辫子都是女子在无聊生活中所结下来的果子。现在有好些爱装饰的女子，梳一个头就要费了大半天的工夫，可不是因为她们的工夫太富裕吗？

由以上三种事情看来，女子要在新社会里头活动，必定先要把她们的服饰改换改换，才能够配得上。不然，必要多出许多障碍来。要改换女子的服饰，先要选定三种要素——

（甲）要合乎生理。缠脚、束腰、结胸、穿耳自然是不合生理的。然而现在还有许多人不曾想到留发也是不合生理的事情。我们想想头颅是何等贵重的东西，岂忍得叫它"纳垢藏污"吗？要清洁，短的头发倒是很方便，若是长的呢？那就非常费事了。因为头发积垢，就用油去调整它；油用得越多，越容易收纳尘土。尘土多了，自然会变成"霉菌客栈"，百病的传布也要从那里发生了。

（乙）要便于操作。女子穿裙和留发是很不便于操作的。人越忙越觉得时间短少，现在的女子忙的时候快到了，如果还是一天用了半天的工夫去装饰身体，那么女子的工作可就不能和男子平等了。这又是给反对妇女社会活动的人做口实了。

（丙）要不诱起肉欲。现在女子的服饰常常和色情有直接的关系。有好些女子故意把她们的装束弄得非常妖冶，那还离不开当自己做玩具的倾向。最好就是废除等等有害的文饰，叫凡身上的一丝一毫都有真美的价值，绝不是一种"卖淫性的美"就可以啊。

要合乎这三种要素，非得先和男子的服装一样不可，男子的服饰因为职业的缘故，自然是很复杂。若是女子能够做某种事业，就当和做那事业的男子的服饰一样。平常的女子也就可以和平常的男子一样。这种益处：一来可以泯灭性的区别；二来可以除掉等级服从的记号；三来可以节省许多无益的费用；四来可以得着许多有用的光阴。其余的益处还多，我就不往下再说了。总之，女子的服饰是有改换的必要的，要改换非得先和男子一样不可。

男子对于女子改装的怀疑，就是怕女子显出不斯文的模样来。女子自己的怀疑，就是怕难于结婚。其实这两种观念都是因为少人敢放胆去做才能发生的。若是说女子"断发男服"起来就不斯文，请问个个男子都不斯文吗？若说在男子就斯文，在女子就不斯文，那是武断的话，可以不必辩了。至于结婚的问题是很容易解决的。从前鼓励放脚的时候，也是有许多人怀着"大脚就没人要"的鬼胎，现在又怎样啦？若是个个人都要娶改装的女子，那就不怕女子不改装；若是女子都改装，也不怕没人要。

读《芝兰与茉莉》因而想及我的祖母

　　正要到哥伦比亚的检讨室里校阅梵籍，和死和尚争虚实，经过我的邮筒，明知每次都是空开的，还要带着希望姑且开来看看。这次可得着一卷东西，知道不是一分钟可以念完的，遂插在口袋里，带到检讨室去。

　　我正研究唐代佛教在西域衰灭的原因，翻起史太因在和阗所得的唐代文契，一读马令痣同母党二娘向护国寺僧虎英借钱的私契，妇人许十四典首饰契，失名人的典婢契等等，虽很有趣，但掩卷一想，恨当时的和尚只会营利，不顾转法轮，无怪回纥一人，便尔扫灭无余。

　　为释迦文担忧，本是大愚，会不知成、住、坏、空，是一切法性？不看了，掏出口袋里的邮件，看看是什么罢。

《芝兰与茉莉》，这名字很香呀！我把纸笔都放在一边，一气地读了半天工夫——从头至尾，一句一字细细地读。这自然比看唐代死和尚的文契有趣。读后的余韵，常绕缭于我心中，像这样的文艺很合我情绪的胃口似的。

读中国的文艺和读中国的绘画一样。试拿山水——西洋画家叫做"风景画"——来做个例：我们打稿（Composition）是鸟瞰的、纵的，所以从近处的溪桥，而山前的村落，而山后的帆影，而远地的云山；西洋风景画是水平的、横的，除水平线上下左右之外，理会不出幽深的、绵远的兴致。所以中国画宜于纵的长方，西洋画宜于横的长方。文艺也是如此：西洋人的取材多以"我"和"我的女人或男子"为主，故属于横的、夫妇的；中华人的取材多以"我"和"我的父母或子女"为主，故属于纵的、亲子的。描写亲子之爱应当是中华人的特长，看近来的作品，究其文心，都函这唯一义谛。

爱亲的特性是中国文化的细胞核，除了它，我们早就要断发短服了！我们将这种特性来和西洋的对比起来，可以说中华民族是爱父母的民族，那边欧西是爱夫妇的民族。因为是"爱父母的"，故叙事直贯，有始有终，源源本本，自自然然地说下来。这"说来话长"的特性——很和拔丝山药一样地甜热而黏——可以在一切作品里找出来。无论写什么，总有从盘古以来说到而今的倾向。写孙悟空总得从猴子成精说起；写贾宝玉总得从顽石变灵说起；这写生生因果的好尚是中华文学的文心，是纵的，是亲子的，所以最易抽出我们的情绪。

八岁时，读《诗经·凯风》和《陟岵》，不晓得怎样，眼泪没得我的同意就流下来。九岁读《檀弓》到"今丘也，东西南北之人也"一段，伏案大哭。先生问我："今天的书并没给你多上，也没生字，为何委曲？"我说："我并不是委曲，我只伤心这'东西南北'四字。"第二天，接着念"晋献公将杀其世子申生"一段，到"天下岂有无父之国哉？"又哭。直到于今，这"东西南北"四个字还能使我一念便伤怀。我常反省这事，要求其使我哭泣的缘故。不错，爱父母的民族的理想生活便是在这里生、在这里长、在这里聚族、在这里埋葬，东西南北地跑当然是一种可悲的事了。因为离家、离父母、离国是可悲的，所以能和父母、乡党过活的人是可羡的。无论什么也都以这事为准绳：做文章为这一件大事做，讲爱情为这一件大事讲，我才理会我的"上坟瘾"不是我自己所特有，是我所属的民族自盘古以来遗传给我的。你如自己念一念"可爱的家乡啊！我睡眼蒙眬里，不由得不乐意接受你欢迎的诚意"和"明儿……你真要离开我了么？"应作如何感想？

爱夫妇的民族正和我们相反。夫妇本是人为，不是一生下来就铸定了彼此的关系。相逢尽可以不相识，只要各人带着，或有了各人的男女欲，就可以。你到什么地方，这欲跟到什么地方，他可以在一切空间显其功用，所以在文心上无需溯其本源，究其终局，干干脆脆，Just a word，也可以自成段落。爱夫妇的心境本含有一种舒展性和侵略性，所以乐得东西南北，到处地跑。夫妇关系可以随地随时发生，又可以强侵软夺，在文心上当有一种"霸道""喜新""乐得""为我自己享受"的倾向。

总而言之，爱父母的民族的心地是"生"；爱夫妇的民族的心地是"取"。生是相续的；取是广延的。我们不是爱夫妇的民族，故描写夫妇，并不为夫妇而描写夫妇，是为父母而描写夫妇。我很少见——当然是我少见——中国文人描写夫妇时不带着"父母的"的色彩；很少见单独描写夫妇而描写得很自然的。这并不是我们不愿描写，是我们不惯描写广延性的文字的缘故。从对面看，纵然我们描写了，人也理会不出来。

《芝兰与茉莉》开宗第一句便是"祖母真爱我！"这已把我的心牵引住了，"祖母爱我"，当然不是爱夫妇的民族所能深味，但它能感我和《檀弓》差不了多少。"垂老的祖母，等得小孩子奉甘旨么？"子女生活是为父母的将来，父母的生活也是为着子女，这永远解不开的结，结在我们各人心中。触机便发表于文字上。谁没有祖父母、父母呢？他们的折磨、担心，都是像夫妇一样有个我性的么？丈夫可以对妻子说："我爱你，故我要和你同住"；或"我不爱你，你离开我吧"。妻子也可以说："人尽可夫，何必你？"但子女对于父母总不能有这样的天性。所以做父母的自自然然要为子女担忧受苦，做子女的也为父母之所爱而爱，为父母而爱为第一件事。爱既不为我专有，"事之不能尽如人意"便为此说出来了。从爱父母的民族眼中看夫妇的爱是为三件事而起，一是继续这生生的线，二是往溯先人的旧典，三是承纳长幼的情谊。

说起书中人的祖母，又想起我的祖母来了。"事之不能尽如人意者，夫复何言！"我的祖母也有这相同的境遇呀！我的祖母，不说我没见过，连我父亲也不曾见过，因为她在我父亲未生以前就去世了。这岂不是很奇怪的么？不如意的事多着呢！爱祖母的明官，你也愿意听听我说我祖母的失意事么？

八十年前，台湾府——现在的台南——城里武馆街有一家，八个兄弟同一个老父亲同住着，除了第六、七、八的弟弟还没娶以外，前头五个都成家了。兄弟们有做武官的，有做小乡绅的，有做买卖的。那位老四，又不做武官又不做绅士，更不会做买卖。他只喜欢念书，自己在城南立了一所小书塾名叫窥园，在那里一面读，一面教几个小学生。他的清闲，是他兄们所羡慕，所嫉妒的。

这八兄弟早就没有母亲了。老父亲很老，管家的女人虽然是妯娌们轮流着当，可是实在的权柄是在一位大姑手里。这位大姑早年守寡，家里没有什么人，所以常住在外家。因为许多弟弟是她帮忙抱大的，所以她对于弟弟们很具足母亲的威仪。

那年夏天，老父亲去世了。大姑当然是"阃内之长"，要督责一切应办事宜的。早晚供灵的事体，照规矩是媳妇们轮着办的。那天早晨该轮到四弟妇上供了。四弟妇和四弟是不上三年的夫妇，同是二十多岁，情爱之浓是不消说的。

大姑在厅上嚷："素官，今早该你上供了。怎么这时候还不出来？"

居丧不用粉饰面，把头发理好，也毋需盘得整齐，所以晨妆很省事。她坐在妆台前，嚼槟榔，还吸一管旱烟。这是台湾女人们最普遍的嗜好。有些女人喜欢学士人把牙齿染黑了，她们以为牙齿白得像狗的一样不好看，将槟榔和着荖叶、熟灰嚼，日子一久，就可以使很白的牙齿变为漆黑。但有些女人是喜欢白牙的，她们也嚼槟榔，不过把灰减去就可以。她起床，漱口后第一件事是嚼槟榔，为的是使牙齿白而坚固。外面大姑的叫唤，她都听不见，只是嚼着，还吸着烟在那里出神。

四弟也在房里，听见姊姊叫着妻子，便对她说："快出去吧。姊姊要生气了。"

"等我嚼完这口槟榔，吸完这口烟才出去。时候还早咧。"

"怎么你不听姊姊的话？"

"为什么要听你姊姊的话？你为什么不听我的话？"

"姊姊就像母亲一样。丈夫为什么要听妻子的话？"

"'人未娶妻是母亲养的，娶了妻就是妻子养的。'你不听妻子的话，妻子可要打你，好像打小孩子一样。"

"不要脸，哪里来得这么大的孩子！我试先打你一下，看你打得过我不。"老四带着嬉笑的样子，拿着拓扇向妻子的头上要

63

打下去。妻子放下烟管，一手抢了扇子，向着丈夫的额头轻打了一下，"这是谁打谁了！"

夫妇们在殡前是要在孝堂前后的地上睡的，好容易到早晨同进屋里略略梳洗一下，借这时间谈谈。他对于享尽天年的老父亲的悲哀，自然盖不过对于婚媾不久的夫妇的欢愉。所以，外头虽然尽其孝思；里面的"琴瑟"还是一样地和鸣。中国的天地好像不许夫妇们在丧期里有谈笑的权利似的。他们在闹玩时，门帘被风一吹，可巧被姊姊看见了。姊姊见她还没出来，正要来叫她，从布帘飞处看见四弟妇拿着拓扇打四弟，那无明火早就高起了一万八千丈。

"哪里来的泼妇，敢打她的丈夫！"姊姊生气嚷着。

老四慌起来了。他挨着门框向姊姊说："我们闹玩，没有什么事。"

"这是闹玩的时候么？怎么这样懦弱，叫女人打了你，还替她说话？我非问她外家，看看这是什么家教不可。"

他退回屋里，向妻子伸伸舌头，妻子也伸着舌头回答他。但外面越呵责越厉害了。越呵责，四弟妇越不好意思出去上供，越不敢出去越要挨骂，妻子哭了。他在旁边站着，劝也不是，慰也不是。

她有一个随嫁的丫头，听得姑太越骂越有劲，心里非常害怕。十三四岁的女孩，哪里会想事情的关系如何？她私自开了后门，一直跑回外家，气喘喘地说："不好了！我们姑娘被他家姑太骂得很厉害，说要赶她回来咧！"

亲家爷是个商人，头脑也很率直，一听就有了气，说："怎样说得这样容易——要就取去，不要就扛回来？谁家养女儿是要受别人的女儿欺负的？"他是个杂货行主，手下有许多工人，一号召，都来聚在他面前。他又不打听到底是怎么一回事，对着工人们一气地说:"我家姑娘受人欺负了。你们替我到许家去出出气。"工人一轰,就到了那有丧事的亲家门前,大兴问罪之师。

里面的人个个面对面呈出惊惶的状态。老四和妻子也相对无言,不晓得要怎办才好。外面的人们来得非常横逆,经兄弟们许多解释然后回去。姊姊更气得凶,跑到屋里,指着四弟妇大骂特骂起来。

"你这泼妇,怎么这一点点事情,也值得叫外家的人来干涉?你敢是依仗你家里多养了几个粗人,就来欺负我们不成?难道你不晓得我们诗礼之家在丧期里要守制的么?你不孝的贱人,难道丈夫叫你出来上供是不对的,你就敢用扇头打他?你已犯七出之条了,还敢起外家来闹?好,要吃官司,你们可以一同上堂去,请官评评。弟弟是我抱大的,我总可以做抱告。"

妻子才理会丫头不在身边。但事情已是闹大了,自己不好再辩,因为她知道大姑的脾气,越辩越惹气。

第二天早晨,姊姊召集弟弟们在灵前,对他们说:"像这样的媳妇还要得么?我想待一会儿,就扛她回去。"这大题目一出来,几个弟弟都没有话说,最苦的就是四弟了。他知道"扛回去"就是犯"七出之条"时"先斩后奏"的办法,就颤声地向姊姊求情,姊姊鄙夷地说:"没志气的懦夫,还敢要这样的妇人么?她昨日所说的话我都听见了。女子多着呢,日后我再给你挑个好的。我们已预备和她家打官司,看看是礼教有势,还是她家工人的力量大。"

当事的四弟那时实在是成了懦夫了!他一点勇气也没有,因为这"不守制""不敬夫"的罪名太大了,他自己一时也找不出什么话来证明妻子的无罪,有赦免的余地。他跑进房里,妻子哭得眼都肿了。他也哭着向妻子说:"都是你不好!"

"是,……是……我我……我不好,我对对……不起你!"妻子抽噎着说。丈夫也没有什么话可安慰她，只挨着她坐下，用手抚着她的脖项。

果然姊姊命人雇了一顶轿子，跑进房里，硬把她扶出来，把她头上的白麻硬换上一缕红丝，送她上轿去了。这意思就是说她此后就不是许家的人，可以不必穿孝。

"我有什么感想呢？我该有怎样的感想呢？懦夫呵！你不配觍颜在人世，就这样算了么？自私的我，却因为不贯彻无勇气而陷到这种地步，夫复何言！"当时他心里也未必没有这样的语言。他为什么懦弱到这步田地？要知道他原不是生在为夫妇的爱而生活的地方呀！

王亲家看见平地里把女儿扛回来，气得在堂上发抖。女儿也不能说什么，只跪在父亲面前大哭。老亲家口口声声说要打官司，女儿直劝无需如此，是她的命该受这样折磨的，若动官司只能使她和丈夫吃亏，而且把两家的仇恨结得越深。

老四在守制期内是不能出来的。他整天守着灵想妻子。姊姊知道他的心事，多方地劝慰他。姊姊并不是深恨四弟妇，不过她很固执，以为一事不对就事事不对，一时不对就永远不对。她看"礼"比夫妇的爱要紧。礼是古圣人定下来，历代的圣贤亲自奉行的。妇人呢？这个不好，可以挑那个。所以夫妇的配合只要有德有貌，像那不德、无礼的妇人，尽可以不要。

出殡后，四弟仍到他的书塾去。从前，他每夜都要回武馆街去的。自妻去后，就常住在窥园。他觉得一到妻子房里冷清清地，一点意思也没有，不如在书房伴着书眠还可以忘其愁苦。唉，情爱被压的人都是要伴书眠的呀！

天色晚，学也散了。他独在园里一棵芒果树下坐着发闷。妻子的随嫁丫头蓝从园门直走进来，他虽熟视着，可像不理会一样。等到丫头叫了他一声："姑爷"，他才把着她的手臂，如见了妻子一般。他说："你怎么敢来？……姑娘好么？"

"姑娘命我来请你去一趟。她这两天不舒服，躺在床上哪，她吩咐掌灯后才去，恐怕人家看见你，要笑话你。"

她说完，东张西望，也像怕人看见她来，不一会儿就走了。那几点钟的黄昏偏又延长了，他好容易等到掌灯时分！他到妻子家里，丫头一直就把他带到楼上，也不敢教老亲家知道。妻子的面比前几个月消疲了，他说："我的……"他说不下去了，只改过来说："你怎么瘦得这个样子！"

妻子躺在床上也没起来，看见他还站着出神，就说："为什么不坐，难道你立刻要走么？"她把丈夫揪近床沿坐下，眼对眼地看着。丈夫也想不出什么话来说，想分离后第一次相见的话是很难起首的。

"你是什么病？"

"前两天小产了一个男孩子！"

丈夫听这话，直像喝了麻醉药一般。

"反正是我的罪过大，不配有福分，连从你得来的孩子也不许我有了。"

"人不要紧的，日后我们还可以有五六个。你要保养保养才是。"

妻子笑中带着很悲哀的神采说："痴男子，既休的妻还能有生子女的荣耀么？"说时，丫头递了一盏龙眼干甜茶来。这是台湾人待生客和新年用的礼茶。

"怎么给我这茶喝，我们还讲礼么？"

"你以后再娶，总要和我生疏的。"

"我并没休你。我们的婚书，我还留着呢。我，无论如何，总要想法子请你回去的，除了你，我还有谁？"

丫头在旁边插嘴说："等姑娘好了，立刻就请她回去吧。"

他对着丫头说："说得很快，你总不晓得姑太和你家主人都是非常固执，非常喜欢赌气，很难使人进退的。这都是你弄出来的。事已如此，夫复何言！"

小丫头原是不懂事，事后才理会她跑回来报信的关系重大。她一听"这都是你弄出来的"，不由得站在一边哭起来。妻子哭，丈夫也哭。一个男子的心志必得听那寡后回家当姑太的姊姊使令么？当时他若硬把妻子留住，姊姊也没奈他何，最多不过用"礼教的棒"来打他而已。但"礼教之棒"又真可以打破人的命运么？那时候，他并不是没有反抗礼教的勇气，是他还没得着反抗礼教的启示。他心底深密处也会像吴明远那样说："该死该死！我既爱妹妹，而不知护妹妹；我既爱我自己，而不知为我自己着想。我负了妹妹，我误了自己！事原来可以如人意，而我使之不能；我之罪恶岂能磨灭于万一，然而赴汤蹈火，又何足偿过失于万一呢？你还敢说：'事已如此，夫复何言'么？"

四弟私会出妻的事，教姊姊知道，大加申斥，说他没志气。不过这样的言语和爱情没有关系。男女相待遇本如大人和小孩一样。若是男子爱他的女人，他对于她的态度、语言、动作，都有父亲对女儿的倾向；反过来说，女人对于她所爱的男子也具足母亲对儿子的倾向。若两方都是爱者，他们同时就是被爱者，那是说他们都自视为小孩子，故彼此间能吐露出真性情来。小孩们很愿替他们的好朋友担忧、受苦、用力；有情的男女也是如此。所以姊姊的申斥不能隔断他们的私会。

妻子自回外家后，很悔她不该贪嚼一口槟榔，贪吸一管旱烟，致误了灵前的大事。此后，槟榔不再入她的口，烟也不吸了。她要为自己的罪过忏悔，就吃起长斋来。就是她亲爱的丈夫有时来到，很难得的相见时，也不使他挨近一步，恐怕玷了她的清心。她只以念经绣佛为她此生唯一的本分，夫妇的爱不由得不压在心意的崖石底下。

十几年中，他只是希望他岳丈和他姊姊的意思可以挽回于万一。自己的事要仰望人家，本是很可怜的。亲家们一个是执拗，一个是赌气，因之光天化日的时候难以再得。

那晚上，他正陪姊姊在厅上坐着，王家的人来叫他。姊姊不许说："四弟，不许你去。"

"姊姊，容我去看她一下吧。听说她这两天病得很厉害，人来叫我，当然是很要紧的，我得去看看。"

"反正你一天不另娶，是一天忘不了那泼妇的。城外那门亲给你讲了好几年，你总是不介意。她比那不知礼的妇人好得多——又美、又有德。"

这一次，他觉得姊姊的命令也可以反抗了。他不听这一套，径自跑进屋里，把长褂子一披，匆匆地出门。姊姊虽然不高兴，也没法揪他回来。

到妻子家，上楼去。她躺在床上，眼睛半闭着，病状已很凶恶。他哭不出来，走近前，摇了她一下。

"我的夫婿，你来了！好容易盼得你来！我是不久的人了，你总要为你自己的事情打算，不要像这十几年，空守着我，于你也没有益处。我不孝已够了，还能使你再犯不孝之条么？——'不孝有三，无后为大'。"

"孝不孝是我的事，娶不娶也是我的事。除了你，我还有谁？"

这时丫头也站在床沿。她已二十多岁，长得越妩媚、越懂事了。她的反省，常使她起一种不可言喻的伤心，使她觉得她永远对不起面前这位垂死的姑娘和旁边那位姑爷。

垂死的妻子说："好吧，我们的恩义是生生世世的，你看她。"她撮嘴指着丫头，用力往下说："她长大了。事情既是她弄出来的，她得替我偿还。"她对着丫头说："你愿意么？"丫头红了脸，不晓要怎样回答。她又对丈夫说："我死后，她就是我了。你如记念我们旧时的恩义，就请带她回去，将来好替我……"

她把丈夫的手拉去，使他揸住丫头的手，随说："唉，子女是要紧的，她将来若能替我为你养几个子女，我就把她从前的过失都宽恕了。"

妻子死后好几个月，他总不敢向姊姊提起要那丫头回来。他实在得很懦弱的，不晓怎样怕姊姊会怕到这地步！

离王亲家不远住着一位老妗婆。她虽没为这事担心，但她对于事情的原委是很明瞭的。正要出门，在路上遇见丫头，穿起一身素服，手挽着一竹篮东西，她问："蓝，你要到哪里去？"

"我正要上我们姑娘的坟去。今天是她的百日。"

老妗婆一手扶着杖，一手捏着丫头的嘴巴，说："你长得这么大了，还不回武馆街去么？"丫头低下头，没回答她。她又问："许家没意思要你回去么？"

从前的风俗对于随嫁的丫头多是预备给姑爷收起来做二房的，所以妗婆问得很自然。丫头听见"回去"两字，本就不好意思，她双眼望着地上，摇摇头，静默地走了。

妗婆本不是要到武馆街去的，自遇见丫头以后，就想她是个长辈之一，总得赞成这事。她一直来投她的甥女，也叫四外甥来告诉他应当办的事体。姊姊被妗母一说，觉得再没有可固执的了，说："好吧，明后天预备一顶轿子去扛她回来就是。"

四弟说："说得那么容易？要总得照着娶继室的礼节办，她的神主还得请回来。"

姊姊说："笑话，她已经和她的姑娘一同行过礼了，还行什么礼？神主也不能同日请回来的。"

老妗母说："扛回来时，请请客，当做一桩正事办也是应该的。"

他们商量好了，兄弟也都赞成这样办。"这种事情，老人家最喜欢不过"，老妗母在办事的时候当然是一早就过来了。

这位再回来的丫头就是我的祖母了。所以我有两个祖母，一个是生身祖母，一个是常住在外家的"吃斋祖母"——这名字是母亲给我们讲祖母的故事时所用的题目。又"丫头"这两个字是我家的"圣讳"，平常是不许说的。

我又讲回来了。这种父母的爱的经验，是我们最能理会的。人人经验中都有多少"祖母的心""母亲""祖父""爱儿"等等事迹，偶一感触便如悬崖泻水，从盘古以来直说到于今。我们的头脑是历史的，所以善用这种才能来描写一切的事故。又因这爱父母的特性，故在作品中，任你说到什么程度，这一点总抹杀不掉。我爱读《芝兰与茉莉》，因为它是源源本本地说，用我们经验中极普遍的事实触动我。我想凡是有祖母的人，一读这书，至少也会起一种回想的。

书看完了，回想也写完了，上课的钟直催着。现在的事好像比往事要紧，故要用工夫来想一想祖母的经历也不能了！大概她以后的境遇也和书里的祖母有一两点相同吧。

我的童年

延平郡王祠边

　　小时候的事情是很值得自己回想的。父母的爱固然是一件永远不能再得的宝贝，但自己的幼年的幻想与情绪也像暧昧的孤云随着旭日升起以后，飞到天顶，便渐次地消失了。现在所留的不过是强烈的后像，以相反的色调在心头映射着。

　　出世后几年间是无知的时期，所能记的只是从家长们听得关于自己的零碎事情，虽然没什么趣味，却不妨记记实。在公元1893年2月14日，正当光绪十九年十二月二十八的上午丑时，我生于台湾台南府城延平郡王祠边的窥园里。这园是我祖父置的。出门不远，有一座马伏波祠，本地人称为马公庙，称我们的家为马公庙许厝。我的乳母求官是一个佃户的妻子，她很小心地照顾我。据母亲说，她老不肯放我下地，一直到我会在桌上走两步的时候，她才惊讶地嚷出来："丑官会走了！"叔丑是我的小名，因为我是丑时生的。母亲姓吴，兄弟们都称她叫"妪"，是我们几弟兄跟着大哥这样叫的，乡人称母亲为"阿姐""阿姨""乃娘"，却没有称"妪"的，家里叔伯兄弟们称呼他们的母亲，也不是这样，所以"妪"是我们几兄弟对母亲所用的专名。

妪生我的时候是三十多岁，她说我小的时候，皮肤白得像那刚蜕皮的小螳螂一般。这也许不是赞我，或者是由乳母不让我出外晒太阳的缘故。老家的光景，我一点印象也没有。在我还不到一周年的时候，中日战争便起来了。台湾的割让，迫着我全家在1896年离开乡里。妪在我幼年时常对我说当时出走的情形，我现在只记得几件有点意思的。一件是她在安平上船以前，到关帝庙去求签，问问台湾要到几时才归中国、签诗大意回答她的大意说，中国是像一株枯杨。要等到它的根上再发新芽的时候才有希望。深信着台湾若不归还中国，她定是不能再见到家门的。但她永远不了解枯树上发新枝是指什么，这谜到她去世时还在猜着。她自逃出来以后就没有回去过。第二件可纪念的事，是她在猪圈里养了一只"天公猪"，临出门的时候，她到栏外去看它，流着泪对它说："公猪，你没有福分上天公坛了，再见吧。"那猪也像流着泪，用那断藕般的鼻子嗅着她的手，低声呜呜地叫着。台湾的风俗，男子生到十三四岁的年纪，家人必得为他抱一只小公猪来养着，等到十六岁上元日，把它宰来祭上帝。所以管它叫"天公猪"，公猪由主妇亲自豢养的，三四年之中，不能叫它生气、吃惊、害病等。食料得用好的，绝不能把污秽的东西给它吃，也不能放它出去游荡像平常的猪一般。更不能容它与母猪在一起。

换句话，它是一只预备做牺牲的圣畜。我们家那只公猪是为大哥养的。他那年已过了十三岁。她每天亲自养它，已经快到一年了。公猪看见她到栏外格外显出亲切的情谊。她说的话，也许它能理会几分。我们到汕头三个月以后，得着看家的来信，说那头猪自从她去后，就不大肯吃东西，渐渐地瘦了，不到半年公猪竟然死了。她到十年以后还在想念着它。她叹息公猪没福分上天公坛，大哥没福分用一只自豢的圣畜。故乡的风俗男子生后三日剃胎发，必在囟门上留一撮，名叫"囟鬃"。长了许剪不许剃，必得到了十六岁的上元日设坛散礼玉皇上帝及天宫，在神前剃下来。用红线包起，放在香炉前和公猪一起供着，这是古代冠礼的遗意。

　　还有一件是妪养的一双绒毛鸡。广东叫做竹丝鸡，很能下蛋。她打了一双金耳环带在它的碧色的小耳朵上。临出门的时候，她叫看家好好地保护它。到了汕头之后，又听见家里出来的人说，父亲常骑的那匹马被日本人牵去了。日本人把它上了铁蹄。它受不了，不久也死了。父亲没与我们同走。他带着国防兵在山里，刘永福又要他去守安平。那时在台南的刘永福，也没有什么办法，只好预备走。但他又不许人多带金银，在城门口有他的兵搜查"走反"的人民。乡人对于任何变化都叫做"反"。反朱一贵、反戴万生、反法兰西，都曾大规模逃走到别处去。乙未年的"走日本反"恐怕是最大的"走"了。妪说我们出城时也受过严密的检查。因为走得太仓卒，现银预备不出来。所带的只有十几条纹银，那还是到大姑母的金铺现兑的。全家人到城门口，已是拥挤得很。当日出城的有大伯父一支五口，四婶一支四口，妪和我们姊弟六口，还有杨表哥一家，和我们几兄弟的乳母及家丁七八口，一共二十多人。先坐牛车到南门外自己的田庄里过一宿，第二天才出安平乘竹筏上轮船到汕头去。妪说我当时只穿着一套夏布衣服；家里的人穿的都是夏天衣服，所以一到汕头不久，很费了事为大家做衣服。我到现在还仿佛地记忆着我是被人抱着在街上走，看见满街上人拥挤得很，这是最初印在我脑子里的经验。自然当时不知道是什么，依通常计算虽叫做三岁，其实只有十八个月左右。一切都是很模糊的。

我家原是从揭阳移居于台湾的。因为年代远久，族谱里的世系对不上，一时不能归宗。爹的行止还没一定，所以暂时寄住在本家的祠堂里。主人是许子荣先生与子明先生二位昆季，我们称呼子荣为太公，子明为三爷。他们二位是爹的早年的盟兄弟。祠堂在桃都的围村，地方很宏敞。我们一家都住得很舒适。太公的二少爷是个秀才，我们称他为杞南兄，大少爷在广州经商，我们称他做梅坡哥。祠堂的右边是杞南兄住着，我们住在左边的一段。妪与我们几兄弟住在一间房。对面是四婶和她的子女住。隔一个天井，是大伯父一家住。大哥与伯父的儿子辛哥住伯父的对面房。当中各隔着一间厅。大伯的姨太清姨和逊姨住左厢房，杨表哥住外厢房，其余乳母工人都在厅上打铺睡。这样算是在一个小小的地方安顿了一家子。

祠堂前头有一条溪，溪边有蔗园一大区，我们几个小弟兄常常跑到园里去捉迷藏；可是大人们怕里头有蛇，常常不许我们去。离蔗园不远的地方还有一区果园，我还记得柚子树很多。到开花的时候，一阵阵的清香叫人闻到觉得非常愉快；这气味好像现在还有留着。那也许是我第一次自觉在树林里遨游。在花香与蜂闹的树下，在地上玩泥土，玩了大半天才被人叫回家去。

妪是不喜欢我们到祠堂外去的，她不许我们到水边玩，怕掉在水里；不许到果园里去，怕糟蹋人家的花果；又不许到蔗园去，怕被蛇咬了。离祠堂不远通到村市的那道桥，非有人领着，是绝对不许去的，若犯了她的命令，除掉打一顿之外，就得受缔

75

佛的刑罚。缔佛是从乡人迎神赛会时把偶像缔结在神舆上以防倾倒的意义得来的，我与叔庚被缔的时候次数最多，几乎没有一天不"缔"整个下午。

牛津的书虫

牛津实在是学者的学国，我在此地两年的生活尽用于波德林图书馆、印度学院、阿克关屋（社会人类学讲室），及曼斯斐尔学院中，竟不觉归期已近。

同学们每叫我做"书虫"，定蜀尝鄙夷地说我于每谈论中，不上三句话，便要引经据典，"真正死路！"刘锴说："你成日读书，睇读死你嚟呀！"书虫诚然是无用的东西，但读书读到死，是我所乐为。假使我的财力、事业能够容允我，我诚愿在牛津做一辈子的书虫。

我在幼时已决心为书虫生活。自破笔受业直到如今，二十五年间未尝变志。但是要做书虫，在现在的世界本不容易。须要具足五种条件才可以。五件者：第一要身体康健；第二要家道丰裕；第三要事业清闲；第四要志趣淡薄；第五要宿慧超越。我于此五件，一无所有！故我以十年之功只当他人一夕之业。于诸学问、途径还未看得清楚，何敢希望登堂入室？但我并不因我的资质与境遇而灰心，我还是抱着读得一日便得一日之益的心志。

为学有三条路向：一是深思，二是多闻，三是能干。第一途是做成思想家的路向；第二是学者；第三是事业家。这三种人同是为学，而其对于同一对象的理解则不一致。譬如有人在居庸关下偶然捡起一块石头，一个思想家要想它怎样会在那里，怎样被人捡起来，和它的存在的意义。若是一个地质学者，他对于那石头便从地质方面源源本本地说。若是一个历史学者，他便要探求那石与过去史实有无的关系。若是一个事业家，他只想着要怎样利用石而已。三途之中，以多闻为本。我邦先贤教人以"博闻强记"，及教人"不学而好思，虽知不广"的话，真可谓能得为学的正谊。但在现在的世界，能专一途的很少。因为生活上等等的压迫，及种种知识上的需要，使人难为纯粹的思想家或事业家。假使苏格拉底生于今日的希拉，他难免也要写几篇关于近东问题的论文投到报馆里去卖几个钱。他也得懂得一点汽车、无线电的使用方法。也许他会把钱财存在银行里。这并不是因为"人心不古"，乃是因为人事不古。近代人需要等等知识为生活的资助，大势所趋，必不能在短期间产生纯粹的或深邃的专家。故为学要先多能，然后专政，庶几可以自存，可以有所供献。吾人生于今日，对于学问。专既难能，博又不易，所以应于上列"三途"中至少要兼"二程"。兼多闻与深思者为文学家。兼多闻与能干的为科学家。就是说一个人具有学者与思想家的才能，便是文学家；具有学者与专业家的功能的，便是科学家。文学家与科学家同要具学者的资格所不同者，一是偏于理解，一是偏于作用，一是修文，一是格物（自然我所用科学家与文学家的名字是广义的）。进一步说，舍多闻既不能有深思，亦不能生能干，所以多闻是为学根本。多闻多见为学者应有的事情，如人能够做到，才算得过着书虫的生活。当彷徨于学问的歧途时，若不能早自决断该向哪一条路走去，他的学业必致如荒漠的砂粒，既不能长育生灵，又不堪制作器用。即使他能下笔千言，必无一字可取。纵使他能临事多谋，必无一策能成。我邦学者，每不擅于过书虫生活，在歧途上既不能慎自抉择，复不虚心求教；过得去时，便充名士；过不去时，就变劣绅，所以我觉得留学而学普通知识，是一个民族最羞耻的事情。

我每觉得我们中间真正的书虫太少了。这是因为我们当学生的多半穷乏，急于谋生，不能具足上说五种求学条件所致。从前生活简单，旧式书院未变学堂的时代，还可以希望从领膏火费的生员中造成一二。至于今日的官费生或公费生，多半是虚掷时间和金钱的。这样的光景在留学界中更为显然。

牛津的书虫很多，各人都能利用他的机会去钻研，对于有学无财的人，各学院尽予津贴，未卒业者为"津贴生"，已卒业者为"特待校友"，特待校友中有一辈以读书为职业的。要有这样的待遇，然后可产出高等学者。在今日的中国要靠著作度日是绝对不可能的。因社会程度过低，还养不起著作家。……所以著作家的生活与地位在他国是了不得，在我国是不得了！著作家还养不起，何况能养在大学里以读书为生的书虫？这也许就是中国的"知识阶级"不打而自倒的原因。

心有事

心有事，无计问天。

心事郁在胸中，教我怎能安眠？

我独对着空山，眉更不展；

我魂飘荡，犹如出岫残烟。

想起前事，我泪就如珠脱串。

独有空山为我下雨涟涟。

我泪珠如急雨，急雨犹如水晶箭；

箭折，珠沉，融作山溪泉。

做人总有多少哀和怨：

积怨成泪，泪又成川！

今日泪、雨交汇入海，海涨就要沉没赤县：

累得那只抱恨的精卫拼命去填。

呀，精卫！你这样做，虽经万劫也不能遂愿。

不如咒海成冰，使他像铁一样坚。

那时节，我要和你相依恋，

各人才对立着，沉默无言。

蝉

急雨之后，蝉翼湿得不能再飞了。那可怜的小虫在地面慢慢地爬，好容易爬到不老的松根上头。松针穿不牢的雨珠从千丈高处脱下来，正滴在蝉翼上。蝉嘶了一声，又从树的露根摔到地上了。

雨珠，你和它开玩笑么？你看，蚂蚁来了！野鸟也快要看见它了！

蛇

在高可触天的桄榔树下。我坐在一条石凳上，动也不动一下。穿彩衣的蛇也蟠在树根上，动也不动一下。多会儿让我看见它，我就害怕得很，飞也似的离开那里，蛇也和飞箭一样，射入蔓草中了。

我回来，告诉妻子说："今儿险些不能再见你的面！"

"什么原故？"

"我在树林见了一条毒蛇：一看见它，我就速速跑回来；蛇也逃走了。……到底是我怕它，还是它怕我？"

妻子说："若你不走，谁也不怕谁。在你眼中，它是毒蛇；在它眼中，你比它更毒呢。"

但我心里想着，要两方互相惧怕，才有和平。若有一方大胆一点，不是它伤了我，便是我伤了它。

笑

我从远地冒着雨回来。因为我妻子心爱的一样东西让我找着了；我得带回来给她。

一进门，小丫头为我收下雨具，老妈子也借故出去了。我对妻子说："相离好几天，你闷得慌吗？……呀，香得很！这是从哪里来的？"

"窗棂下不是有一盆素兰吗？"

我回头看，几箭兰花在一个汝窑钵上开着。我说："这盆花多会移进来的？这么大雨天，还能开得那么好，真是难得啊！……可是我总不信那些花有如此的香气。"

我们并肩坐在一张紫檀榻上。我还往下问："良人，到底是兰花的香，是你的香？"

"到底是兰花的香，是你的香？让我闻一闻。"她说时，亲了我一下。小丫头看见了，掩着嘴笑，翻身揭开帘子，要往外走。

"玉耀，玉耀，回来。"小丫头不敢不回来，但，仍然抿着嘴笑。

"你笑什么？"

"我没有笑什么。"

我为她们排解说："你明知道她笑什么，又何必问她呢，饶了她罢。"

妻子对小丫头说："不许到外头瞎说。去罢，到园里给我摘些瑞香来。"

小丫头抿着嘴出去了。

愚妇人

从深山伸出一条蜿蜒的路，窄而且崎岖。一个樵夫在那里走着，一面唱：

　　鸧鹒，鸧鹒，来年莫再鸣！
　　鸧鹒一鸣草又生。
　　草木青青不过一百数十日。
　　到头来，又是樵夫担上薪。

　　鸧鹒，鸧鹒，来年莫再鸣！
　　鸧鹒一鸣虫又生。
　　百虫生来不过一百数十日，

到头来，又要纷纷扑红灯。

鸬鹚，鸬鹚，来年莫再鸣！
……

他唱时，软和的晚烟已随他的脚步把那小路封起来了，他还要往下唱，猛然看见一个健壮的老妇人坐在溪涧边，对着流水哭泣。

"你是谁？有什么难过的事？说出来，也许我能帮助你。"

"我么？唉！我……不必问了。"

樵夫心里以为她一定是个要寻短见的人，急急把担卸下，进前几步，想法子安慰她。他说："妇人，你有什么难处，请说给我听，或者我能帮助你。天色不早了，独自一人在山中是很危险的。"

妇人说："我从来就不知道什么叫做难过。自从我父母死后，我就住在这树林里。我的亲戚和同伴都叫我做石女。"她说到这里，眼泪就融下来了。往下她的话语就支离得怪难明白。过一会儿，她才慢慢说："我……我到这两天才知道石女的意思。"

"知道自己名字的意思，更应当喜欢，为何倒反悲伤起来？"

"我每年看见树林里的果木开花，结实；把种子种在地里，又生出新果木来。我看见我的亲戚、同伴们不上两年就有一个孩子抱在她们怀里。我想我也要像这样——不上两年就可以抱一个孩子在怀里。我心里这样说，这样盼望，到如今，六十年了！我不明白，才打听一下。呀，这一打听，叫我多么难过！我没有抱孩子的希望了……然而，我就不能像果木，比不上果木么？"

"哈，哈，哈！"樵夫大笑了，他说，"这正是你的幸运哪！抱孩子的人。比你难过得多，你为何不往下再向她们打听一下呢？我告诉你，不曾怀过胎的妇人是有福的。"

　　一个路旁素不相识的人所说的话，哪里能够把六十年的希望——迷梦——立时揭破呢？到现在，她的哭声，在樵夫耳边，还可以约略地听见。

蜜蜂和农人

　　雨刚晴，蝶儿没有蓑衣，不敢造次出来，可是瓜棚的四围，已满唱了蜜蜂的"功夫诗"：

　　　　彷彷，徨徨！徨徨，彷彷！
　　　　生就是这样，徨徨，彷彷！
　　　　趁机会把蜜酿。
　　　　大家帮帮忙；
　　　　别误了好时光。
　　　　彷彷，徨徨！徨徨，彷彷！

　　蜂虽然这样唱，那底下坐着三四个农夫却各人担着烟管在那里闲谈。

　　人的寿命比蜜蜂长，不必像它们那么忙么？未必如此。不过农夫们不懂它们的歌就是了。但农夫们工作时，也会唱的。他们唱的是：

> 村中鸡一鸣，
> 阳光便上升，
> 太阳上升好插秧。
> 禾秧要水养，
> 各人还为踏车忙。
> 东家莫截西家水；
> 西家不借东家粮。
> 各人只为各人忙——
> "各人自扫门前雪。
> 不管他人瓦上霜。"

『小俄罗斯』的兵

短篱里头，一棵荔枝，结实累累。那朱红的果实，被深绿的叶子托住，更是美观；主人舍不得摘它们，也许是为这个缘故。

三两个漫游武人走来，相对说："这棵红了，熟了，就在这里摘一点吧。"他们嫌从正门进去麻烦，就把篱笆拆开，大摇大摆地进前。一个上树，两个在底下接；一面摘，一面尝，真高兴呀！

屋里跑出一个老妇人来，哀声求他们说："大爷们，我这棵荔枝还没有熟哩；请别作践它；等熟了，再送些给大爷们尝尝。"

树上的人说："胡说，你不见果子已经红了么？怎么我们吃就是作践你的东西？"

"唉，我一年的生计，都看着这棵树。罢了，罢……"

"你还敢出声么？打死你算得什么；待一会儿，看把你这棵不中吃的树砍来做柴火烧，看你怎样。有能干，可以叫你们的人到广东吃去。我们那里也有好荔枝。"

唉，这也是战胜者、强者的权利么？

爱的痛苦

在绿荫月影底下，朗日和风之中，或急雨飘雪的时候，牛先生必要说他的真言。"啊，拉夫斯偏！"他在三百六十日中，少有不说这话的时候。

暮雨要来，带着愁容的云片急急飞避；不识不知的蜻蜓还在庭园间遨游着。爱诵真言的牛先生闷坐在屋里，从西窗望见隔院的女友田和正抱着小弟弟玩。

姊姊把孩子的手臂咬得吃紧；擘他的两颊；摇他的身体；又掌他的小腿。孩子急得哭了。姊姊才忙忙地拥抱住他，堆着笑说："乖乖，乖乖，好孩子，好弟弟，不要哭。我疼爱你，我疼爱你！不要哭！"不一会儿孩子的哭声果然停了。可是弟弟刚现出笑容，姊姊又该咬他、擘他、摇他、掌他咧。

檐前的雨好像珠帘，把牛先生眼中的对象隔住。但方才那种印象，却萦回在他眼中。他把窗户关上，自己一人在屋里踱来踱去。最后，他点点头，笑了一声："哈，哈！这也是拉夫斯偏！"

他走近书桌子，坐下，提起笔来，像要写什么似的。想了半天，才写上一句七言诗。他念了几遍，就摇头，自己说："不好，不好。我不会作诗，还是随便记些起来好。"

牛先生将那句诗涂掉以后，就把他的日记拿出来写。那天他要记的事情格外多。日记里应用的空格，他在午饭后，早已填满了。他裁了一张纸，写着：

  黄昏，大雨。田在西院弄她的弟弟，动起我一个感想，就是：人都喜欢见他们所爱者的愁苦；要想方法教所爱者难受。所爱者越难受，爱者越喜欢，越加爱。

  一切被爱的男子，在他们的女人当中，直如小弟弟在田的膝上一样。他们也是被爱者玩弄的。

  女人的爱最难给，最容易收回去。当她把爱收回去的时候，未必不是一种游戏的冲动；可是苦了别人哪。

  唉，爱玩弄人的女人，你何苦来这一下！愚男子，你的苦恼，又活该呢！

牛先生写完。复看一遍，又把后面那几句涂去，说："写得太过了，太过了！"他把那张纸附贴在日记上，正要起身，老妈子把哭着的孩子抱出来，一面说："姊姊不好，爱欺负人。不要哭，咱们找牛先生去。"

"姊姊打我！"这是孩子所能对牛先生说的话。

牛先生装作可怜的声音，忧郁的容貌，回答说："是么？姊姊打你么？来，我看看打到哪步田地？"

孩子受他的抚慰，也就忘了痛苦，安静过来了。

现在吵闹的，只剩下外间急雨的声音。

信仰的哀伤

　　在更阑人静的时候，伦文就要到池边对他心里所立的乐神请求说："我怎能得着天才呢？我的天才缺乏了，我要表现的，也不能尽地表现了！天才可以像油那样，日日添注入我这盏小灯么？若是能，求你为我，注入些少。"

　　"我已经为你注入了。"

　　伦先生听见这句话，便放心回到自己的屋里。他舍不得睡，提起乐器来，一口气就制成一曲。自己奏了又奏，觉得满意，才含着笑，到卧室去。

　　第二天早晨，他还没有盥漱，便又把昨晚上的作品奏过几遍；随即封好，教人邮到歌剧场去。

　　他的作品一发表出来，许多批评随着在报上登载八九天。那些批评都很恭维他：说他是这一派，那一派。可是他又苦起来了！

在深夜的时候，他又到池边去，垂头丧气地对着池水，从口中发出颤声说："我所用的音节，不能达我的意思么？呀，我的天才丢失了！再给我注入一点罢。"

"我已经为你注入了。"

他屡次求，心中只听得这句回答。每一作品发表出来，所得的批评，每每使他忧郁不乐。最后，他把乐器摔碎了，说："我信我的天才丢了，我不再作曲子了。唉，我所依赖的，枉费你眷顾我了。"

自此以后，社会上再不能享受他的作品，他也不晓得往哪里去了。

海

　　我的朋友说："人的自由和希望，一到海面就完全失掉了！因为我们太不上算，在这无涯浪中无从显出我们有限的能力和意志。"

　　我说："我们浮在这上面，眼前虽不能十分如意，但后来要遇着的，或者超乎我们的能力和意志之外。所以在一个风狂浪骇的海面上，不能准说我们要到什么地方就可以达到什么地方；我们只能把性命先保持住，随着波涛颠来簸去便了。"

　　我们坐在一只不如意的救生船里，眼看着载我们到半海就毁坏的大船渐渐沉下去。

　　我的朋友说："你看，那要载我们到目的地的船快要歇息去了！现在在这茫茫的空海中，我们可没有主意啦。"

　　幸而同船的人，心忧得很，没有注意听他的话。我把他的手摇了一下说："朋友，这是你纵谈的时候么？你不帮着划桨么？"

　　"划桨么？这是容易的事。但要划到哪里去呢？"

　　我说："在一切的海里，遇着这样的光景，谁也没有带着主意下来，谁也脱不了在上面泛来泛去。我们尽管划吧。"

梨花

　　她们还在园里玩，也不理会细雨丝丝穿入她们的罗衣。池边梨花的颜色被雨洗得更白净了，但朵朵都懒懒地垂着。

　　姊姊说："你看，花儿都倦得要睡了！"

　　"待我来摇醒他们。"

　　姊姊不及发言，妹妹的手早已抓住树枝摇了几下。花瓣和水珠纷纷地落下来，铺得银片满地，煞是好玩。

　　妹妹说："好玩啊，花瓣一离开树枝，就活动起来了！"

　　"活动什么？你看，花儿的泪都滴在我身上哪。"姊姊说这话时，带着几分怒气，推了妹妹一下。她接着说："我不和你玩了，你自己在这里吧。"

　　妹妹见姊姊走了，直站在树下出神。停了半晌，老妈子走来，牵着她，一面走着，说："你看，你的衣服都湿透了，在阴雨天，每日要换几次衣服，教人到哪里找太阳给你晒去呢？"

　　落下来的花瓣，有些被她们的鞋印入泥中；有些粘在妹妹身上。被她带走；有些浮在池面，被鱼儿衔入水里。那多情的燕子不歇把鞋印上的残瓣和软泥一同衔在口中，到梁间去，构成它们的香巢。

难解决的问题

我叫同伴到钓鱼矶去赏荷，他们都不愿意去，剩我自己走着。我走到清佳堂附近，就坐在山前一块石头上歇息。在瞻顾之间，小山后面一阵唧咕的声音夹着蝉声送到我耳边。

谁愿意在优游的天日中故意要找出人家的秘密呢？然而宇宙间的秘密都从无意中得来。所以在那时候，我不离开那里，也不把两耳掩住，任凭那些声浪在耳边荡来荡去。

劈头一声，我便听得："这实是一个难解决的问题。……"

既说是难解决，自然要把怎样难的理由说出来。这理由无论是局内、局外人都爱听的。以前的话能否钻入我耳里，且不用说，单是这一句，使我不能不注意。

山后的人接下去说："在这三位中，你说要哪一位才合适？……梅说要等我十年；白说要等到我和别人结婚那一天；区说非嫁我不可——她要终身等我。"

"那么，你就要区罢。"

"但是梅的景况，我很了解。她的苦衷，我应当原谅。她能为了我牺牲十年的光阴，从她的境遇看来，无论如何，是很可敬的。设使梅居区的地位，她也能说，要终身等我。"

"那么，梅、区都不要，要白如何？"

"白么？也不过是她的环境使她这样达观。设使她处着梅的景况，她也只能等我十年。"

会话到这里就停了。我的注意只能移到池上，静观那被轻风摇摆的芰荷。呀，叶底那对小鸳鸯正在那里歇午哪！不晓得它们从前也曾解决过方才的问题没有？不上一分钟，后面的声音又来了。

"那么，三个都要如何？"

"笑话，就是没有理性的兽类也不这样办。"

又停了许久。

"不经过那些无用的礼节，各人快活地同过这一辈子不成吗？"

"唔……唔……唔……这是后来的话，且不必提，我们先解决目前的困难罢。我实不肯故意辜负了三位中的一位。我想用拈阄的方法瞎挑一个就得了。"

"这不更是笑话吗？人间哪有这么新奇的事！她们三人中谁愿意遵你的命令，这样办呢？"

他们大笑起来。

"我们私下先拈一拈，如何？你权当做白，我自己权当做梅，剩下是区的份儿。"

他们由严重的密语化为滑稽的谈笑了。我怕他们要闹下坡来，不敢逗留在那里，只得先走。钓鱼矶也没去成。

爱就是刑罚

　　"这什么时候了，还埋头在案上写什么？快同我到海边去走走吧。"

　　丈夫尽管写着，没站起来，也没抬头对他妻子行个"注目笑"的礼。妻子跑到身边，要抢掉他手里的笔，他才说："对不起，你自己去吧。船，明天一早就要开，今晚上我得把这几封信赶出来；十点钟还要送到船里的邮箱去。"

　　"我要人伴着我到海边去。"

　　"请七姨子陪你去。"

　　"七妹子说我嫁了，应当和你同行；她和别的同学先去了。我要你同我去。"

　　"我实在对不起你，今晚不能随你出去。"他们争执了许久，结果还是妻子独自出去。

丈夫低着头忙他的事情，足有四点钟工夫。那时已经十一点了，他没有进去看看那新婚的妻子回来了没有，披起大衣大踏步地出门去。

他回来，还到书房里检点一切，才进入卧房。妻子已先睡了。他们的约法：睡迟的人得亲过先睡者的嘴才许上床。所以这位少年走到床前，依法亲了妻子一下。妻子急用手在唇边来回擦了几下。那意思是表明她不受这个接吻。

丈夫不敢上床，呆呆地站在一边。一会儿，他走到窗前，两手支着下颔，点点的泪滴在窗棂上。他说："我从来没受过这样刑罚！……你的爱，到底在哪里？"

"你说爱我，方才为什么又刑罚我，使我孤零？"妻子说完，随即起来，安慰他说，"好人，不要当真，我和你闹玩哪。爱就是刑罚，我们能免掉么？"

万物之母

在这经过离乱的村里，荒屋破篱之间，每日只有几缕零零落落的炊烟冒上来，那人口的稀少可想而知。你一进到无论哪个村里，最喜欢遇见的，是不是村童在阡陌间或园圃中跳来跳去；或走在你前头，或随着你步后模仿你的行动？村里若没有孩子们，就不成村落了。在这经过离乱的村里，不但没有孩子，而且有人向你要求孩子！

这里住着一个不满三十岁的寡妇，一见人来，便要求，说："善心善行的人，求你对那位总爷说，把我的儿子给回。那穿虎纹衣服、戴虎儿帽的便是我的儿子。"

她的儿子被乱兵杀死已经多年了。她从不会忘记：总爷把无情的剑拔出来的时候，那穿虎纹衣服的可怜儿还用双手招着，要

105

她搂抱。她要跑去接的时候，她的精神已和黄昏的霞光一同麻痹而熟睡了。唉，最惨的事岂不是人把寡妇怀里的独生子夺过去，且在她面前害死吗？要她在醒后把这事完全藏在她记忆的多宝箱里，可以说，比剖芥子来藏须弥还难。

她的屋里排列了许多零碎的东西，当时她儿子玩过的小团也在其中。在黄昏时候，她每把各样东西抱在怀里说："我的儿，母亲岂有不救你，不保护你的？你现在在我怀里咧。不要做声，看一会儿人来又把你夺去。"可是一过了黄昏，她就立刻醒悟过来，知道那所抱的不是她的儿子。

那天，她又出来找她的"命"。月的光明蒙着她，使她在不知不觉间进入村后的山里。那座山，就是白天也少有人敢进去，何况在盛夏的夜间，杂草把樵人的小径封得那么严！她一点也不害怕，攀着小树，缘着茑萝，慢慢地上去。

她坐在一块大石上歇息，无意中给她听见了一两声的儿啼。她不及判别，便说："我的儿，你藏在这里么？我来了，不要哭啦。"

她从大石下来，随着声音的来处，爬入石下一个洞里。但是里面一点东西也没有。她很疲乏，不能再爬出来，就在洞里睡了一夜。

第二天早晨，她醒时，心神还是非常恍惚。她坐在石上，耳边还留着昨晚上的儿啼声。这当然更要动她的心，所以那方从霭云被里钻出来的朝阳无力把她脸上和鼻端的珠露晒干了。她在瞻顾中，才看出对面山岩上坐着一个穿虎纹衣服的孩子。可是她看错了！那边坐着的，是一只虎子；它的声音从那边送来很像儿啼。她立即离开所坐的地方，不管当中所隔的谷有多么深，尽管攀缘着，向那边去。不幸早露未干，所依附的都很湿滑，一失手，就把她溜到谷底。

她昏了许久才醒回来。小伤总免不了，却还能够走动。她爬着，看见身边暴露了一副小骷髅。

"我的儿，你方才不是还在山上哭着么？怎么你母亲来得迟一点，你就变成这样？"她把骷髅抱住，说，"呀，我的苦命儿，我怎能把你医治呢？"悲苦尽管悲苦，然而，自她丢了孩子以后，不能不算这是她第一次的安慰。

从早晨直到黄昏，她就坐在那里，不但不觉得饿，连水也没喝过。零星几点，已悬在天空，那天就在她的安慰中过去了。

她忽想起幼年时代，人家告诉她的神话，就立起来说："我的儿，我抱你上山顶，先为你摘两颗星星下来，嵌入你的眼眶，叫你看得见；然后给你找相像的皮肉来补你的身体。可是你不要再哭，恐怕给人听见，又把你夺过去。"

"敬姑，敬姑。"找她的人们在满山中这样叫了好几声，也没有一点回响。

"也许她被那只老虎吃了。"

"不，不对。前晚那只老虎是跑下来捕云哥圈里的牛犊被打死的。如果那东西把敬姑吃了，绝不再下山来赴死。我们再进深一点找罢。"

唉，他们的工夫白费了！

纵然找着她，若是她还没有把星星抓在手里，她心里怎能平安，怎肯随着他们回来？

春的林野

  春光在万山环抱里，更是泄漏得迟。那里的桃花还是开着；漫游的薄云从这峰飞过那峰，有时稍停一会儿，为的是挡住太阳，叫地面的花草在它的荫下避避光焰的威吓。

  岩下的荫处和山溪的旁边满长了薇蕨和其他凤尾草。红、黄、蓝、紫的小草花点缀在绿茵上头。

  天中的云雀，林中的金莺，都鼓起它们的舌簧。轻风把它们的声音挤成一片，分送给山中各样有耳无耳的生物。桃花听得入神，禁不住落了几点粉泪，一片一片凝在地上。小草花听得大醉，也和着声音的节拍一会儿倒，一会儿起，没有镇定的时候。

  林下一班孩子正在那里捡桃花的落瓣哪。他们捡着，清儿忽嚷起来，道："嘎，邕邕来了！"众孩子住了手，都向桃林的尽头盼望。果然邕邕也在那里摘草花。

清儿道："我们今天可要试试阿桐的本领了。若是他能办得到，我们都把花瓣穿成一串璎珞围在他身上，封他为大哥如何？"

众人都答应了。

阿桐走到邕邕面前，道："我们正等着你来呢。"

阿桐的左手盘在邕邕的脖上，一面走一面说："今天他们要替你办嫁妆，叫你做我的妻子。你能做我的妻子么？"

邕邕狠视了阿桐一下，回头用手推开他，不许他的手再搭在自己脖上。孩子们都笑得支持不住了。

众孩子嚷道："我们见过邕邕用手推人了！阿桐赢了！"

邕邕从来不会拒绝人，阿桐怎能知道一说那话，就能使她动手呢？是春光的荡漾，把他这种心思泛出来呢？或者，天地之心就是这样呢？

你且看：漫游的薄云还是从这峰飞过那峰。

你且听：云雀和金莺的歌声还布满了空中和林中。

在这万山环抱的桃林中，除那班爱闹的孩子以外，万物把春光领略得心眼都迷蒙了。

花香雾气中的梦

　　在覆茅涂泥的山居里，那阻不住的花香和雾气从疏帘蹿进来，直扑到一对梦人身上。妻子把丈夫摇醒，说："快起吧，我们的被褥快湿透了。怪不得我总觉得冷，原来太阳被囚在浓雾的监狱里不能出来。"

　　那梦中的男子，心里自有他的温暖，身外的冷与不冷他毫不介意。他没有睁开眼睛便说："哎呀，好香！许是你桌上的素馨露洒了罢？"

　　"哪里？你还在梦中哪。你且睁眼看帘外的光景。"

　　他果然揉了眼睛，拥着被坐起来，对妻子说："怪不得我净梦见一群女子在微雨中游戏。若是你不叫醒我，我还要往下梦哪。"

妻子也拥着她的绒被坐起来说："我也有梦。"

"快说给我听。"

"我梦见把你丢了。我自己一人在这山中遍处找寻你，怎么也找不着。我越过山后，只见一个美丽的女郎挽着一篮珠子向各树的花叶上头乱撒。我上前去向她问你的下落，她笑着问我：'他是谁，找他干什么？'我当然回答，他是我的丈夫……"

"原来你在梦中也记得他！"他笑着说这话，那双眼睛还显出很滑稽的样子。

妻子不喜欢了。她转过脸背着丈夫说："你说什么话！你老是要挑剔人家的话语，我不往下说了。"她推开绒被，随即呼唤丫头预备脸水。

丈夫速把她揪住，央求说："好人，我再不敢了。你往下说吧。以后若再饶舌，情愿挨罚。"

"谁稀罕罚你？"妻子把这次的和平画押了。她往下说："那女人对我说，你在山前柚花林里藏着。我那时又像把你忘了。……"

"哦，你又……不，我应许过不再说什么的；不然，我就要挨罚了。你到底找着我没有？"

"我没有向前走，只站在一边看她撒珠子。说来也很奇怪：那些珠子粘在各花叶上都变成五彩的凝露，连我的身体也沾满了。我忍不住，就问那女郎。女郎说：'东西还是一样，没有变化，因为你的心思前后不同，所以觉得变了。你认为珠子，是在我撒手之前，因为你想我这篮子绝不能盛得露水。你认为露珠时，在我撒手之后，因为你想那些花叶不能留住珠子。我告诉你：你所认的不在东西，乃在使用东西的人和时间；你所爱的，不在体质，乃在体质所表的情。你怎样爱月呢？是爱那悬在空中已经老死的暗球么？你怎样爱雪呢？是爱它那种砭人肌骨的凛冽么？……

111

"她一说到雪，我打了一个寒噤，便醒起来了。"

丈夫说："到底没有找着我。"

妻子一把抓住他的头发，笑说："这不是找着了吗？……我说，这梦怎样？"

"凡你所梦都是好的。那女郎的话也是不错。我们最愉快的时候岂不是在接吻后，彼此的凝视吗？"他向妻子痴笑，妻子把绒被拿起来，盖在他头上，说："恶鬼！这会儿可不让你有第二次的凝视了。"

补破衣的老妇人

　　她坐在檐前，微微的雨丝飘摇下来，多半聚在她脸庞的皱纹上头。她一点也不理会，尽管收拾她的筐子。

　　在她的筐子里有很美丽的零剪绸缎，也有很粗陋的麻头、布尾。她从没有理会雨丝在她头、面、身体之上乱扑，只提防着筐里那些好看的材料沾湿了。

　　那边来了两个小弟兄。也许他们是从学校回来。小弟弟管她叫做"衣服的外科医生"，现在见她坐在檐前，就叫了一声。

　　她抬起头来，望着这两个孩子笑了一笑。那脸上的皱纹虽皱得更厉害，然而生的痛苦可以从那里挤出许多，更能表明她是一个享乐天年的老婆子。

　　小弟弟说："医生，你只用筐里的材料在别人的衣服上，怎

113

么自己的衣服却不管了？你看你肩脖补的那一块又该掉下来了。"

老婆子摩一摩自己的肩脖，果然随手取下一块小方布来。她笑着对小弟弟说："你的眼睛实在精明！我这块原没有用线缝住；因为早晨忙着要出来，只用浆子暂时糊着，盼望晚上回去弥补；不提防雨丝替我揭起来了！……这揭得也不错。我，既如你所说，是一个衣服的外科医生，那么，我是不怕自己的衣服害病的。"

她仍是整理筐里的零剪绸缎，没理会雨丝零落在她身上。

哥哥说："我看爸爸的手册里夹着许多的零剪文件；他也是像你一样：不时地翻来翻去。他……"

弟弟插嘴说："他也是另一样的外科医生。"

老婆子把眼光射在他们身上，说："哥儿们，你们说得对了。你们的爸爸爱惜小册里的零碎文件，也和我爱惜筐里的零剪绸缎一般。他凑合多少地方的好意思，等用得着时，就把他们编连起来，成为一种新的理解。所不同的，就是他用的头脑，我用的只是指头罢了。你们叫他做……"

说到这里，父亲从里面出来，问起事由，便点头说："老婆子，你的话很中肯哟。我们所为，原就和你一样，东搜西罗，无非是些绸头、布尾，只配用来补补破衲袄罢了。"

父亲说完，就下了石阶，要在微雨中到葡萄园里，看看他的葡萄长芽了没有。这里孩子们还和老婆子争论着要号他们的爸爸做什么样医生。

光
的
死

　　光离开他的母亲去到无量无边，一切生命的世界上。因为他走的时候脸上常带着很忧郁的容貌，所以一切能思维、能造作的灵体也和他表同情，一见他，都低着头容他走过去，甚至带着泪眼避开他。

　　光因此更烦闷了。他走得越远，力量越不足；最后，他躺下了。他躺下的地方，正在这块大地。在他旁边有几位聪明的天文家互相议论说："太阳的光，快要无所附丽了，因为他冷死的时期一天近似一天了。"

　　光垂着头，低声诉说："唉，诸大智者，你们为何净在我母亲和我身上担忧？你们岂不明白我是为饶益你们而来么？你们从没有在我面前做过我曾为你们做的事。你们没有接纳我，也没有……"

　　他母亲在很远的地方，见他躺在那里叹息，就叫他回去说："我的命儿，我所爱的，你回来吧。我一天一天任你自由地离开我，原是为众生的益处，他们既不承受，你何妨回来？"

　　光回答说："母亲，我不能回去了。因为我走遍了一切世界，遇见一切能思维、能造作的灵体，到现在还没有一句话能够对你回报。不但如此，这里还有人正咒诅我们哪！我哪有面目回去呢？我就安息在这里吧。"

　　他的母亲听见这话，一种幽沉的颜色早已现在脸上。他从地上慢慢走到海边，带着自己的身体、威力，一分一厘地浸入水里。

　　母亲也跟着晕过去了。

再

会

　　靠窗棂坐着那位老人家是一位航海者，刚从海外归来的。他和萧老太太是少年时代的朋友，彼此虽别离了那么些年，然而他们会面时，直像忘了当中经过的日子。现在他们正谈起少年时代的旧话。

　　"蔚明哥，你不是二十岁的时候出海的么？"她屈着自己的指头，数了一数，才用那双被阅历染浊了的眼睛看着她的朋友说，"呀，四十五年就像我现在数着指头一样地过去了！"

　　老人家把手将一将胡子，很得意地说："可不是！……记得我到你家辞行那一天，你正在园里饲你那只小鹿；我站在你身边一棵正开着花的枇杷树下，花香和你头上的油香杂窜入我的鼻中。当时，我的别绪也不晓得要从哪里说起；但你只低头抚着小鹿。我想你那时也不能多说什么，你竟然先问一句：'要等到什么时候我们再能相见呢？'我就慢答道：'毋须多少时候。'那时，你……"

老太太接着说："那时候的光景我也记得很清楚。当你说这句的时候，我不是说'要等再相见时，除非是黑墨有洗得白的时节'。哈哈！你去时，那缕漆黑的头发现在岂不是已被海水洗白了么？"

老人家摩摩自己的头顶，说："对啦！这也算应验哪！可惜我总不见着芳哥，他过去多少年了？"

"唉，久了！你看我已经抱过四个孙儿了。"她说时，看着窗外几个孩子在瓜棚下玩，就指着那最高的孩子说，"你看鼎儿已经十二岁了，他公公就在他弥月后去世的。"

他们谈话时，丫头端了一盘牡蛎煎饼来。老太太举手嚷着蔚明哥说："我定知道你的嗜好还没有改变，所以特地为你做这东西。你记得我们少时，你母亲有一天做这样的饼给我们吃。你拿一块，吃完了才嫌饼里的牡蛎少，助料也不如我的多，闹着要把我的饼抢去。当时，你母亲说了一句话，教我常常忆起，就是'好孩子，算了吧。助料都是搁在一起渗匀的。做的时候，谁有工夫把分量细细去分配呢？这自然是免不了有些多，有些少的，只要饼的气味好就够了。你所吃的原不定就是为你做的，可是你已经吃过，就不能再要了'。蔚明哥，你说末了这话多么感动我呢！拿这个来比我们的境遇吧：境遇虽然一个一个排列在面前，容我们有机会选择，有人选得好，有人选得歹，可是选定以后，就不能再选了。"

老人家拿起饼来吃，慢慢地说："对啦！你看我这一生净在海面生活，生活极其简单，不像你这么繁复，然而我还是像当时吃那饼一样——也就饱了。"

"我想我老是多得便宜。我的'境遇的饼'虽然多一些助料。也许好吃一些，但是我的饱足是和你一样的。"

谈旧事是多么开心的事！看这光景，他们像要把少年时代的事迹一一回溯一遍似的。但外面的孩子们不晓得因什么事闹起来，老太太先出去做判官；这里留着一位矍铄的航海者静静地坐着吃他的饼。

乡曲的狂言

在城市住久了，每要害起村庄的相思病来。我喜欢到村庄去，不单是贪玩那不染尘垢的山水，并且爱和村里的人攀谈。我常想着到村里听庄稼人说两句愚拙的话语，胜过在郡邑里领受那些智者的高谈大论。

这日，我们又跑到村里拜访耕田的隆哥。他是这小村的长者，自己耕着几亩地，还艺一所菜园。他的生活倒是可以羡慕的。他知道我们不愿意在他矮陋的茅屋里，就让我们到篱外的瓜棚底下坐坐。

横空的长虹从前山的凹处吐出来，七色的影印在清潭的水面。我们正凝神看着，蓦然听得隆哥好像对着别人说："冲那边走吧，这里有人。"

"我也是人，为何这里就走不得？"我们转过脸来，那人已站在我们跟前。那人一见我们，应行的礼，他也懂得。我们问过他的姓名，请他坐。隆哥看见这样，也就不做声了。

我们看他不像平常人，但他有什么毛病，我们也无从说起。他对我们说："自从我回来，村里的人不晓得当我做个什么。我想我并没有坏意思，我也不打人，也不叫人吃亏，也不占人便宜，怎么他们就这般地欺负我——连路也不许我走？"

和我同来的朋友问隆哥说："他的职业是什么？"隆哥还没做声，他便说："我有事做，我是有职业的人。"说着，便从口袋里掏出一本小折子来，对我的朋友说："我是做买卖的。我做了许久了，这本折子里所记的账不晓得是人该我的，还是我该人的，我也记不清楚，请你给我看看。"他把折子递给我的朋友，我们一同看，原来是同治年间的废折！我们忍不住大笑起来，隆哥也笑了。

隆哥怕他招笑话，想法子把他哄走。我们问起他的来历，隆哥说他从少在天津做买卖，许久没有消息。前几天刚回来的。我们才知道他是村里新回来的一个狂人。

隆哥说："怎么一个好好的人到城市里就变成一个疯子回来？我听见人家说城里有什么疯人院，是造就这种疯子的。你们住在城里，可知道有没有这回事？"

我回答说："笑话！疯人院是人疯了才到里边去，并不是把好好的人送到那里教疯了放出来的。"

"既然如此，为何他不到疯人院里住，反跑回来，到处骚扰？"

"那我可不知道了。"我回答时，我的朋友同时对他说："我们也是疯人，为何不到疯人院里住？"

隆哥很诧异地问："什么？"

我的朋友对我说："我这话，你说对不对？认真说起来，我们何尝不狂？要是方才那人才不狂呢。我们心里想什么，口又不敢说，手也不敢动，只会装出一副脸孔，倒不如他想说什么便说什么，想做什么就做什么，那分诚实，是我们做不到的。我们若想起我们那些受拘束而显出来的动作，比起他那真诚的自由行动，岂不是我们倒成了狂人？这样看来，我们才疯，他并不疯。"

隆哥不耐烦地说："今天我们都发狂了，说那个干什么？我们谈别的吧。"

瓜棚底下闲谈，不觉把印在水面长虹惊跑了。隆哥的儿子赶着一对白鹅向潭边来。我的精神又贯注在那纯净的家禽身上。鹅见着水也就发狂了。他们互叫了两声，便拍着翅膀趋入水里，把静明的镜面踏破。

生

　　我的生活好像一棵龙舌兰，一叶一叶慢慢地长起来。某一片叶在一个时期曾被那美丽的昆虫做过巢穴；某一片叶曾被小鸟们歇在上头歌唱过。现在那些叶子都落掉了！只有瘢楞的痕迹留在干上，人也忘了某叶某叶曾经显过的样子。那些叶子曾经历过的事迹唯有龙舌兰自己可以记忆得来，可是它不能说给别人知道。

　　我的生活好像我手里这管笛子。它在竹林里长着的时候，许多好鸟歌唱给它听；许多猛兽长啸给它听；甚至天中的风雨雷电都不时教给它发音的方法。

　　它长大了，一切教师所教的都纳入它的记忆里。然而它身中仍是空空洞洞，没有什么。

　　做乐器者把它截下来，开几个气孔，搁在唇边一吹，它从前学的都吐露出来了。

公理战胜

　　那晚上要举行战胜纪念第一次的典礼，不曾尝过战苦的人们争着要尝一尝战后的甘味。式场前头的人，未到七点钟，早就挤满了。

　　那边一个声音说："你也来了！你可是为庆贺公理战胜来的?"这边随着回答道："我只来瞧热闹，管他公理战胜不战胜。"

　　在我耳边恍惚有一个说话带乡下土腔的说："一个洋皇上生日倒比什么都热闹！"

　　我的朋友笑了。

　　我郑重地对他说："你听这愚拙的话，倒很入理。"

　　"我也信——若说战神是洋皇帝的话。"

　　人声，乐声，枪声，和等等杂响混在一处，几乎把我们的耳鼓震裂了。我的朋友说："你看，那边预备放烟花了，我们过去看看吧。"

我们远远站着，看那红黄蓝白诸色火花次第地冒上来。"这真好，这真好！"许多人都是这样颂扬。但这是不是颂扬公理战胜？

旁边有一个人说："你这灿烂的烟花，何尝不是地狱的火焰？若是真有个地狱，我想其中的火焰也是这般好看。"

我的朋友低声对我说："对呀，这烟花岂不是从纪念战死的人而来的？战死的苦我们没有尝到，由战死而显出来的地狱火焰我们倒看见了。"

我说："所以我们今晚的来，不是要趁热闹，乃是要凭吊那班愚昧可怜的牺牲者。"

谈论尽管谈论，烟花还是一样地放。我们的声音常是沦没在腾沸的人海里。

礼俗与民生

　　礼俗是合礼仪与风俗而言。礼是属于宗教的及仪式的，俗是属于习惯的及经济的。风俗与礼仪乃国家民族的生活习惯所成，不过礼仪比较是强迫的，风俗比较是自由的。风俗的强迫不如道德律那么属于主观的命令，也不如法律那样有客观的威胁，人可以遵从它，也可以违背它。风俗是基于习惯，而此习惯是于群己都有利，而且便于举行和认识。我国古来有"风化""风俗""政俗""礼俗"等名称。风化是自上而下言；风俗是自一社团至一社团言；政俗是合法律与风俗言；礼俗是合道德与风俗言。被定为唐朝的书《刘子·风俗篇》说："风者，气也；俗者，习也。土地水泉，气有缓急，声有高下，谓之风焉。人居此地，习以成性，谓之俗焉。风有薄厚，俗有淳浇，明王之化，当称风使之雅；易俗使之正。是以上之化下，亦为之风焉。民习而行，亦为之俗焉。……"我国古说以礼俗是和地方环境有密切关系的，地方环境实际上就是经济生活。所以，风俗与民生有相因而成的关系。

人类和别的动物不同的地方，最显然的是他有语言、文字、衣冠和礼仪。礼仪是社会的产物，没有社会也就没有礼仪风俗。古代社会几乎整个生活是礼仪风俗捆绑住，所谓"礼仪三百，成仪三千"，是指示人没有一举一动是不在礼仪与习俗里头。在风俗里最易辨识的是礼仪。它是一种社会公认的行为，用来表示精神的与物质的生活的象征、行为的警告和危机的克服。不被公认的习惯，便不是风俗，只可算为人的或家族的特殊行为。

生活的象征。所谓生活的象征，意思是我们在生活上有种种方面，如果要在很短的时间把它们都表现出来，那是不可能的。不得已，就得用身体的动作表示出来。如此，有人说，中国人的"作揖"，是种地时候，拿锄头刨土的象征行为。古时两个人相见，彼此的语言不一定相通，但要表示友谊时，便做彼此生活上共同的行为，意思是说，"你要我帮忙种地，我很喜欢效劳"。朋友本有互助的情分，所以这刨土的姿势，便成表现友谊的"作揖"了。又如欧洲人"拉手或顿手"与中国的"把臂"有点相同，不过欧洲的文化是从游牧民族生活发展的，不像中国作揖是从农业文化发展的，拉手是象征赶羊入圈的互助行为。又如，中国的叩头礼，原是表示奴隶对于主人的服从；欧洲的脱帽礼原是武士入到人家，把头盔脱下，表示解除武装，不伤官人的意思。这些都是生活的象征。

行为的警告。依据生活的经验，凡在某种情境上不能做某样事，或得做某样事，于是用一种仪式把它表示出来。好像官吏就职的宣誓典礼，是为警告他在职位时候应尽忠心，不得做辜负民意的事情。又如西洋轮船下水时，要行掷香槟酒瓶礼，据说是不要船上的水手因狂饮而误事的意思。又如古代社会的冠礼，多半是用仪式来表示成年人在社会里应尽的义务，同时警告他不要做那违抗社会或一个失败的人。

危机的克服。人在生活的历程上，有种种危机。如生产的时候，母子的性命都很危险。这危险的境地，当在过得去与过不去之间，便是一个危机。从旧生活要改入新生活的时期，也是一个危机。如社会里成年的男女，在没有结婚的时候，依赖父母家长，一到结婚时候，便要从依赖的生活进入独立的生活，在这个将入未入的境地，也是生活的一个危机。因所要娶要嫁的男女在结合以后，在生活上能否顺利地过下去，是没有把握的。又如家里的主人就是担负一家经济生活的主角，一旦死了，在这主要的生产者过去，新的主要生产者将要接上的时候，也是一个危机。过年过节，是为时间的进行，于生产上有利不利的可能，所以也是一种危机。风俗礼仪由巫术渐次变成，乃至生活方式变迁了，仍然保留着，当做娱乐日，或休息日。

礼俗与民生的关系从上说三点的演进可以知道。生活上最大的四个阶段是生、冠、婚、丧。生产的礼俗现在已渐次消灭了。女人坐月、三朝洗儿、周岁等，因生活形式改变，社会组织更变，知识生活提高，人也不再找这些麻烦了。做生日并不是古礼，是近几百年，官僚富家借此夸耀及收受礼物的勾当，我想这是应当禁止的。冠礼也早就不行了。在礼仪上，与民生最有关系的是婚礼与丧礼。这两礼原来会有很重的巫术色彩，人试要用巫术把所谓不祥的境遇克服过来。现在拿婚礼来说，照旧时的礼仪，新娘从上头、上轿，乃至三朝回门；层层节节，都有许多禁忌，许多迷信的仪式，如像新娘拿镜子、新郎蹋轿门、闹新人等，都含有巫术在内。说到丧礼，迷信行为更多，因为人怕死鬼，所以披麻、变形，神主所以点主，后来生活进步，便附上种种意义，人因风习也就不问而随着做了。

今天并不是要讲礼俗之起源，只要讲我们应当怎样采用礼仪，使它在生活上有意思而不至于浪费时间、金钱与精神。礼仪与风俗习惯是人人有的，但行者需顾到国民的经济生活。自入民国以来，没工夫顾到制礼作乐、变服剪发，乃成风俗，不知从此例的没顾到国民的经济与工业，以至简单纽扣一项，每年不知向外买入多少，有的矫枉过正，变本加厉，只顾排场，不管自己财力如何，有的甚至全盘采取西礼。要知道民族生存是赖乎本地生活上传统的习惯和理想，如果全盘采用别人的礼仪风俗，无异自己毁灭自己，古人说要灭人国，得先灭人的礼俗，所以婚丧应当保留固有的，如其不便，可从简些。风俗礼仪凡与我生活上没有经验的，可以不必去学人家，像披头纱、拿花把，也于我们没有意义，为何要行呢？至于贺礼，古人对于婚丧在亲友分上，本有助理之分，不过得有用，现在人最没道理的是送人银盾、丧礼的幛，甚至有子送终父母的，也是男用女语女用男语的，最可笑的，有个殡仪，幛上写着"川流不息"！这又是乱用了。丧礼而张灯结彩，大请其客，也是不应该的，婚礼有以"文凭"为嫁妆扛着满街游行的，这也不对。

故生活简单，用钱的机会少，所以一旦有事，要行繁重的仪式，但也得依其人之经济与地位而行，不是随意的。又生产方式变迁，礼俗也当变，如丧礼在街游行，不过是要人知道某人已死，而且是个好人，因城市上人个个那么忙，谁有心读个人的历史呢？礼仪与民生的关系至密切，有时因习俗所驱，有人弄到倾家荡产，故当局者应当提倡合乎国民生活与经济的礼俗，庶几乎不教固有文化沦丧了。

老鸦咀

无论什么艺术作品，选材最难，许多人不明白写文章与绘画一样，善于描写禽虫的不一定能画山水，善于描写人物的不一定能写花卉，即如同在山水画的范围内，设色、取景、布局，要各有各的心胸才能显出各的长处，文章也是如此。有许多事情，在甲以为是描写的好材料，在乙便以为不足道，在甲以为能写得非常动，在乙写来，只是淡淡无奇，这是作者性格所使然，是一个作家首应理会的。

穷苦的生活用颜色来描比用文字来写更难，近人许多兴到农村去画什么饥荒、兵灾，看来总觉得他们的艺术手段不够，不能引起观者的同感。有些只顾在色的渲染，有些只顾在画面堆上种种触目惊心的形状，不是失于不美，便是失于过美。过美的，使人觉得那不过是一幅画；不美的便不能引起人的快感，哪能成为艺术作品呢？所以《流民图》一类的作品只是宣传画的一种，不能算为纯正艺术作品。

近日上海几位以洋画名家而自诩为擅汉画的大画师、教授，每好作什么英雄独立图、醒狮图、骏马图。"雄鸡一声天下白"之类，借重名流如蔡先生褚先生等，替他们吹嘘，展览会从亚洲开到欧洲，到处招摇，有失画家风格。我在展览会见过的马腿，都很像古时芝拉夫的鸡脚，都像鹤膝，光与体的描画每多错误，不晓得一般高明的鉴赏家何以单单称赏那些，他们画马、画鹰、画公鸡给军人看，借此鼓励鼓励他们，倒也算是画家为国服务的一法。如果说"沙龙"的人都赞为得未曾有的东方画，那就失礼了。

当众挥毫不是很高尚的事，这是走江湖人的伎俩。要人信他的艺术高超，所以得在人前表演一下。打拳卖膏药的在众人围观的时节，所演的从第一代祖师以来都是那一套。我赴过许多"当众挥毫会"，深知某师必画鸟，某师必画鱼，某师必画鸦，样式不过三四，尺寸也不过五六，因为画熟了，几撇几点，一题，便成杰作，那样，要好画，真如煮沙欲其成饭了，古人雅集，兴到偶尔，就现成纸帛一两挥，本不为传，不为博人称赏，故只字点墨，都堪宝贵，今人当众大批制画，伧气满纸，其术或佳，其艺则渺。

画面题识，能免则免，因为字与画无论如何是两样东西，借几句文词来烘托画意，便见作者对于自己艺术未能信赖，要告诉人他画的都是什么，有些自大自满的画家还在纸上题些不相干的话，更是噱头。古代杰作，都无题识，甚至作者的名字都没有。有的也在画面上不相干的地方，如树边石罅、枝下等处淡淡地写个名字，记个年月而已。今人用大字题名题诗词、记跋、用大图章，甚至题占画面十分之七八，我要问观者是来读书还是读画？有题记瘾的画家，不妨将纸分为两部分，一部作画，一部题字，界限分明，才可以保持画面的完整。

近人写文喜用"三部曲"为题，这也是"洋八股"。为什么一定要"三部"？作者或者也莫名其妙，像"憧憬"是什么意思，我问过许多作者，除了懂日本文的以外，多数不懂。只因人家用开，顺其大意，他们也跟着用起来，用"三部曲"为题的恐怕也是如此。

上景山

　　无论那一季，登景山，最合宜的时间是在清早或下午三点以后。晴天，眼界可以望朦胧处；雨天，可以欣赏雨脚的长度和电光的迅射；雪天，可以令人咀嚼着无色界的滋味。

　　在万春亭上坐着，定神看北上门后的马路（从前路在门前，如今路在门后），尽是行人和车马，路边的梓树都已掉了叶子。不错，已经立冬了，今年天气可有点怪，到现在还没冻冰。多谢芰荷的业主把残茎都去掉，叫我们能看见紫禁城外护城河的水光还在闪烁着。

　　神武门上是关闭得严严地。最讨厌是楼前那枝很长的旗杆，侮辱了全个建筑的庄严。门楼两旁树它一对，不成吗？禁城上时时有人在走着，恐怕都是外国的旅人。

皇宫一所一所排列着非常整齐。怎么一个那么不讲纪律的民族，会建筑这么严整的宫廷？我对着一片黄瓦这样想着。不，说不讲纪律未免有点过火，我们可以说这民族是把旧的纪律忘掉，正在找一个新的咧。新的找不着，终久还要回来的。北京房子，皇宫也算在里头，主要的建筑都是向南的，谁也没有这样强迫过建筑者，说非这样修不可。但纪律因为利益所在，在不言中被遵守了。夏天受着解愠的熏风，冬天接着可爱的暖日，只要守着盖房子的法则，这利益是不用争而自来的。所以我们要问，在我们的政治社会里有这样的熏风和暖日吗？

最初在崖壁上写大字铭功的是强盗的老师，我眼睛看着神武门上的几个大字，心里想着李斯。皇帝也是强盗的一种，是个白痴强盗。他抢了天下，把自己监禁在宫中，把一切宝物聚在身边，以为他是富有天下。这样一代过一代，到头来还是被他的糊涂奴仆，或贪婪臣宰，讨、瞒、偷、换，到连性命也不定保得住。这岂不是个白痴强盗？在白痴强盗之下才会产出大盗和小偷来。一个小偷，多少总要有一点跳女墙钻狗洞的本领，有他的禁忌，有他的信仰和道德。大盗只会利用他的奴性去请托攀缘，自赞赞他，禁忌固然没有，道德更不必提。谁也不能不承认盗贼是寄生人类的一种，但最可杀的是那班为大盗之一的斯文贼。他们不像小偷为延命去营鼠雀的生活；也不像一般的大盗，凭着自己的勇敢去抢天下。所以明火打劫的强盗最恨的是斯文贼。这里我又联想到张献忠。有一次他开科取士，檄诸州举贡生员，后至者妻女充院，本犯剥皮，有司教官斩，连坐十家。诸生到时，他要他们在一丈见方的大黄旗上写个帅字，字画要像斗的粗大，还要一笔写成。一个生员王志道缚草为笔，用大缸贮墨汁将草笔泡在缸里，三天，再取出来写。果然一笔写成了。他以为可以讨献忠的喜欢，谁知献忠说："他日图我必定是你。"立即把他杀来祭旗。献忠对待念书人是多么痛快。他知道他们是寄生的寄生。他的使命是来杀他们。

东城西城的天空中，时见一群一群旋飞的鸽子。除去打麻雀、逛窑子、上酒楼以外，这也是一种古典的娱乐。这种娱乐也来得群众化一点。它能在空中发出和悦的响声，翩翩地飞绕着，叫人觉得在一个灰白色的冷天，满天乱飞乱叫的老鸹的讨厌。然而在刮大风的时候，若是你有勇气上景山的最高处，看看天安门楼屋脊上的鸦群，噪叫的声音是听不见，它们随风飞扬，直像从什么大树飘下来的败叶，凌乱得有意思。

万春亭周围被挖得东一沟，西一窟。据说是管宫的当局挖来试看煤山是不是个大煤堆，像历来的传说所传的，我心里暗笑信这说的人们。是不是因为北宋亡国的时候，都人在城被围时，拆毁艮岳的建筑木材去充柴火，所以计划建筑北京的人预先堆起一大堆煤，万一都城被围的时，人民可以不拆宫殿。这是笨想头。若是我来计划，最好来一个米山。米在万急的时候，也可以生吃，煤可无论如何吃不得。又有人说景山是太行的最终一峰。这也是瞎说。从西山往东几十里平原，可怎么不偏不颇在北京城当中出了一座景山？若说北京的建设就是对着景山的子午，为什么不对北海的琼岛？我想景山明是开紫禁城外的护城河所积的土，琼岛也是垒积从北海挖出来的土而成的。

从亭后的树缝里远远看见鼓楼。地安门前后的大街，人马默默地走，城市的喧嚣声，一点也听不见。鼓楼是不让正阳门那样雄壮地挺着。它的名字，改了又改，一会儿是明耻楼，一会儿又是齐政楼，现在大概又是明耻楼吧。明耻不难，雪耻得努力。只怕市民能明白那耻的还不多，想来是多么可怜。记得前几年"三民主义""帝国主义"这套名词随着北伐军到北平的时候，市民看些篆字标语，好像都明白各人蒙着无上的耻辱，而这耻辱是由于帝国主义的压迫。所以大家也随声附和，唱着打倒和推翻。

从山上下来，崇祯殉国的地方依然是那棵半死的槐树。据说树上原有一条链子锁着，庚子联军入京以后就不见了，现在那枯槁的部分，还有一个大洞，当时的链痕还隐约可以看见。义和团运动的结果，从解放这棵树发展到解放这民族。这是一件多么可以发人深思的对象呢？山后的柏树发出幽恬的香气，好像是对于这地方的永远供物。

寿皇殿锁闭得严严地，因为谁也不愿意努尔哈赤的种类再做白痴的梦。每年的祭祀不举行了，庄严的神乐再也不能听见，只有从乡间进城来唱秧歌的孩子们，在墙外打的锣鼓，有时还可以送到殿前。

到景山门，回头仰望顶上方才所坐的地方，人都下来了。树上几只很面熟却不认得的鸟在叫着。亭里残破的古佛还坐着给那没人能懂的手印。

三
迁

花嫂子着了魔了！她只有一个孩子，舍不得教他入学。她说："阿同的父亲是因为念书念死的。"

阿同整天在街上和他的小伙伴玩：城市中应有的游戏，他们都玩过。他们最喜欢学警察、人犯、老爷、财主、乞丐。阿同常要做人犯，被人用绳子捆起来，带到老爷跟前挨打。

一天，给花嫂子看见了，说："这还了得！孩子要学坏了。我得找地方搬家。"

她带着孩子到村庄里住。孩子整天在阡陌间和他的小伙伴玩：村庄里应有的游戏，他们都玩过。他们最喜欢做牛、马、牧童、肥猪、公鸡。阿同常要做牛，被人牵着骑着，鞭着他学耕田。

一天，又给花嫂子看见了，就说："这还了得！孩子要变畜生了。我得找地方搬家。"

她带孩子到深山的洞里住。孩子整天在悬崖断谷间和他的小伙伴玩。他的小伙伴就是小生番、小猕猴、大鹿、长尾三娘、大蛱蝶。他最爱学鹿的跳跃，猕猴的攀缘，蛱蝶的飞舞。

有一天，阿同从悬崖上飞下去了。他的同伴小生番来给花嫂子报信，花嫂子说："他飞下去么？那么，他就有本领了。"

呀，花嫂子疯了！

香

妻子说："良人，你不是爱闻香么？我曾托人到鹿港去买上好的沉香线；现在已经寄到了。"她说着，便抽出妆台的抽屉，取了一条沉香线，燃着，再插在小宣炉中。

我说："在香烟绕缭之中，得有清谈。给我说一个生番故事吧。不然，就给我谈佛。"

妻子说："生番故事，太野了。佛更不必说，我也不会说。"

"你就随便说些你所知道的吧，横竖我们都不大懂得；你且说，什么是佛法吧。"

"佛法么？——色，——声，——香，——味，——触，——造作，——思维，都是佛法；唯有爱闻香的爱不是佛法。"

"你又矛盾了！这是什么因明？"

"不明白么？因为你一爱，便成为你的嗜好；那香在你闻觉中，便不是本然的香了。"

愿

南普陀寺里的大石，雨后稍微觉得干净，不过绿苔多长一些。天涯的淡霞好像给我们一个天晴的信。树林里的虹气，被阳光分成七色。树上，雄虫求雌的声，凄凉得使人不忍听下去。妻子坐在石上，见我来，就问："你从哪里来？我等你许久了。"

"我领着孩子们到海边捡贝壳咧。阿琼捡着一个破贝，虽不完全，里面却像藏着珠子的样子。等他来到，我教他拿出来给你看一看。"

"在这树荫底下坐着，真舒服呀！我们天天到这里来，多么好呢！"

妻说："你哪里能够？……"

"为什么不能？"

"你应当作荫，不应当受荫。"

"你愿我作这样的荫么?"

"这样的荫算什么！我愿你作无边宝华盖，能普荫一切世间诸有情；愿你为如意净明珠，能普照一切世间诸有情；愿你为降魔金刚杵，能破坏一切世间诸障碍；愿你为多宝盂兰盆，能盛百味，滋养一切世间诸饥渴者；愿你有六手，十二手，百手，千万手，无量数那由他如意手，能成全一切世间等等美善事。"

我说："极善，极妙！但我愿做调味的精盐，渗入等等食品中，把自己的形骸融散，且回复当时在海里的面目，使一切有情得尝咸味，而不见盐体。"

妻子说："只有调味，就能使一切有情都满足吗?"

我说："盐的功用，若只在调味，那就不配称为盐了。"

山
响

群峰彼此谈得呼呼地响。它们的话语，给我猜着了。

这一峰说："我们的衣服旧了，该换一换啦。"

那一峰说："且慢吧，你看，我这衣服好容易从灰白色变成青绿色，又从青绿色变成珊瑚色和黄金色——质虽是旧的，可是形色还不旧。我们多穿一会儿吧。"

正在商量的时候，它们身上穿的，都出声哀求说："饶了我们，让我们歇歇罢。我们的形态都变尽了，再不能为你们争体面了。"

"去吧，去吧，不穿你们也算不得什么。横竖不久我们又有新的穿。"群峰都出着气这样说。说完之后，那红的、黄的彩衣就陆续褪下来。

　　我们都是天衣，那不可思议的灵，不晓得甚时要把我们穿着得非常破烂，才把我们收入天橱。愿他多用一点气力，及时用我们，使我们得以早早休息。

暗
途

"我的朋友，且等一等，待我为你点着灯，才走。"

吾威听见他的朋友这样说，便笑道："哈哈，均哥，你以我为女人么？女人在夜间走路才要用火；男子，又何必呢？不用张罗，我空手回去吧——省得以后还要给你送灯回来。"

吾威的村庄和均哥所住的地方隔着几重山，路途崎岖得很厉害。若是夜间要走那条路，无论是谁，都得带灯。所以均哥一定不让他暗中摸索回去。

均哥说："你还是带灯好。这样的天气，又没有一点月影，在山中，难保没有危险。"

吾威说："若想起危险，我就回去不成了。……"

"那么，你今晚上就住在我这里，如何？"

"不，我总得回去，因为我的父亲和妻子都在那边等着我呢。"

"你这个人，太过执拗了。没有灯，怎么去呢？"均哥一面说，一面把点着的灯切切地递给他。他仍是坚辞不受。

他说："若是你定要叫我带着灯走，那教我更不敢走。"

"怎么呢？"

"满山都没有光，若是我提着灯走，也不过是照得三两步远；且要累得满山的昆虫都不安。若凑巧遇见长蛇也冲着火光走来，可又怎办呢？再说，这一点的光可以把那照不着的地方越显得危险，越能使我害怕。在半途中，灯一熄灭，那就更不好办了。不如我空着手走，初时虽觉得有些妨碍，不多一会儿，什么都可以在幽暗中辨别一点。"

他说完，就出门。均哥还把灯提在手里，眼看着他向密林中那条小路穿进去，才摇摇头说："天下竟有这样怪人！"

吾威在暗途中走着，耳边虽常听见飞虫、野兽的声音，然而他一点害怕也没有。在蔓草中，时常飞些萤火出来，光虽不大，可也够了。他自己说："这是均哥想不到，也是他所不能为我点的灯。"

那晚上他没有跌倒，也没有遇见毒虫野兽，安然地到他家里。

七宝池上的乡思

弥陀说："极乐世界的池上，
何来凄切的泣声？
迦陵频迦，你下去看看
是谁这样猖狂。"
于是迦陵频迦鼓着翅膀，
飞到池边一棵宝树上，
还歇在那里，引颈下望：
"咦，佛子，你岂忘了这里是天堂？
你岂不爱这里的宝林成行？
树上的花花相对，
叶叶相当？

你岂不闻这里有等等妙音充耳；

岂不见这里有等等庄严宝相？

住这样具足的乐土，

为何尽自悲伤？"

坐在宝莲上的少妇还自啜泣，合掌回答说：

"大士，这里是你的家乡，

在你，当然不觉得有何等苦况。

我的故土是在人间，

怎能教我不哭着想？

"我要来的时候，

我全身都冷却了；

但我的夫君，还用他温暖的手将我搂抱；

用他融溶的泪滴在我额头。

"我要来的时候，

我全身都挺直了；

但我的夫君，还把我的四肢来回曲挠。

"我要来的时候，

我全身的颜色，已变得直如死灰；

但我的夫君还用指头压我的两颊，

看看从前的粉红色能否复回。

"现在我整天坐在这里，

不时听见他的悲啼。

唉，我额上的泪痕，

我臂上的暖气，

我脸上的颜色，

我全身的关节，

都因着我夫君的声音，

烧起来，溶起来了！

我指望来这里享受快乐，

现在反憔悴了！

"呀，我要回去，

我要回去，

我要回去止住他的悲啼。

我巴不得现在就回去止住他的悲啼。"

迦陵频迦说：

"你且静一静，

我为你吹起天笙，

把你心中愁闷的垒块平一平；

且化你耳边的悲啼为欢声。

你且静一静，

我为你吹这天笙。"

"你的声不能变为爱的喷泉，

不能灭我身上一切爱痕的烈焰；

也不能变为忘的深渊，

使他将一切情愫投入里头，

不再将人惦念。

我还得回去和他相见，

去解他的眷恋。"

"呵，你这样有情，

谁还能对你劝说

向你拦禁？

回去罢，须记得这就是轮回因。"

弥陀说："善哉，迦陵！

你乃能为她说这大因缘！

纵然碎世界为微尘，

这微尘中也住着无量有情。

所以世界不尽，有情不尽；

有情不尽，轮回不尽；

轮回不尽，济度不尽；

济度不尽，乐土乃能显现不尽。"

话说完，莲瓣渐把少妇裹起来，再合成一朵菡萏低垂着。微风一吹，他荏弱得支持不住，便堕入池里。

迦陵频迦好像记不得这事，在那花花相对、叶叶相当的林中，向着别的有情歌唱去了。

银翎的使命

　　黄先生约我到狮子山麓阴湿的地方去找捕蝇草。那时刚过梅雨之期，远地青山还被烟霞蒸着，唯有几朵山花在我们眼前淡定地看那在溪涧里逆行的鱼儿喋着他们的残瓣。

　　我们沿着溪涧走。正在找寻的时候，就看见一朵大白花从上游顺流而下。我说："这时候，哪有偌大的白荷花流着呢？"

　　我的朋友说："你这近视鬼！你准看出那是白荷花么？我看那是……"

　　说时迟，来时快，那白的东西已经流到我们跟前。黄先生急把采集网拦住水面；那时，我才看出是一只鸽子。他从网里把那死的飞禽取出来，诧异说："是谁那么不仔细，把人家的传书鸽打死了！"他说时，从鸽翼下取出一封长的小信来，那信已被水浸透了，我们慢慢把它展开，披在一块石上。

"我们先看看这是从哪里来，要寄到哪里去的，然后给他寄去，如何？"我一面说，一面看着。但那上头不特地址没有，甚至上下的款识也没有。

黄先生说："我们先看看里头写的是什么，不必讲私德了。"

我笑着说："是，没有名字的信就是公的；所以我们也可以披阅一遍。"

于是我们一同念着：

> 你教昆儿带银翎、翠翼来，吩咐我，若是它们空着回去，就是我还平安的意思。我恐怕他知道，把这两只小宝贝寄在霞妹那里，谁知道前天她开笕搁饲料的时候，不提防把翠翼放走了！

> 嗳，爱者，你看翠翼没有带信回去，定然很安心，以为我还平安无事。我也很盼望你常想着我的精神和去年一样。不过现在不能不对你说的，就是过几天人就要把我接去了！我不得不叫你速速来和他计较。你一来，什么事都好办了。因为他怕的是你和他讲理。

> 嗳，爱者，你见信以后，必得前来，不然，就见我不着；以后只能在累累荒冢中读我的名字了，这不是我不等你，时间不让我等你哟！

> 我盼望银翎平平安安地带着它的使命回去。

我们念完，黄先生道："这是怎么一回事？"

"谁能猜呢？反正是不幸的事罢了。现在要紧的，就是怎样处置这封信。我想把他贴在树上，也许有知道这事的人经过这里，可以把它带去。"我摇着头，且轻轻地把信揭起。

黄先生说："不如拿到村里去打听一下，或者容易找出一点线索。"

我们商量之下，就另抄一张起来，仍把原信系在鸽翼底下。黄先生用采掘锹子在溪边挖了一个小坑，把鸽子葬在里头。回头为它立了一座小碑，且从水中淘出几块美丽的小石压在墓上。那墓就在山花盛开的地方，我一翻身，就把些花瓣摇下来，也落在这使者的墓上。

美的牢狱

　　嫭求正在镜台边理她的晨妆，见她的丈夫从远地回来，就把头拢住，问道："我所需要的你都给带回来了没有？"

　　"对不起！你虽是一个建筑师，或泥水匠，能为你自己建筑一座'美的牢狱'；我却不是一个转运者，不能为你搬运等等材料。"

　　"你念书不是念得越糊涂，便是越高深了！怎么你的话，我一点也听不懂？"

　　丈夫含笑说："不懂么？我知道你开口爱美，闭口爱美，多方地要求我给你带等等装饰回来；我想那些东西都围绕在你的体外，合起来，岂不是成为一座监禁你的牢狱吗？"

　　她静默了许久，也不做声。她的丈夫往下说："妻呀，我想你还不明白我的意思。我想所有美丽的东西，只能让它们散布在各处，我们只能在它们的出处爱它们；若是把它们聚拢起来，搁在一处，或在身上，那就不美了……"

她睁着那双柔媚的眼，摇着头说："你说得不对。你说得不对。若不剖蚌，怎能得着珠玑呢？若不开山，怎能得着金刚、玉石、玛瑙等等宝物呢？而且那些东西，本来不美，必得人把它们琢磨出来，加以装饰，才能显得美丽咧。若说我要装饰，就是建筑一所美的牢狱，且把自己监在里头，且问谁不被监在这种牢狱里头呢？如果世间真有美的牢狱，像你所说，那么，我们不过是造成那牢狱的一沙一石罢了。"

"我的意思就是听其自然，连这一沙一石也毋须留存。孔雀何为自己修饰羽毛呢？芰荷何尝把它的花染红了呢？"

"所以说它们没有美感！我告诉你，你自己也早已把你的牢狱建筑好了。"

"胡说！我何曾？"

"你心中不是有许多好的想象，不是要照你的好理想去行事么？你所有的，是不是从古人曾经建筑过的牢狱里捡出其中的残片？或是在自己的世界取出来的材料呢？自然要加上一点人为才能有意思。若是我的形状和荒古时候的人一样，你还爱我吗？我准敢说，你若不好好地住在你的牢狱里头，且不时时把牢狱的墙垣垒得高高的，我也不能爱你。"

刚愎的男子，你何尝佩服女子的话？你不过会说："就是你会说话！等我思想一会儿，再与你决战。"

面 具

　　人面原不如那纸制的面具哟！你看那红的、黑的、白的、青的、喜笑的、悲哀的、目眦怒得欲裂的面容，无论你怎样褒奖，怎样弃嫌，他们一点也不改变。红的还是红，白的还是白，目眦欲裂的还是目眦欲裂。

　　人面呢？颜色比那纸制的小玩意儿好而且活动，带着生气。可是你褒奖它的时候，它虽是很高兴，脸上却装出很不愿意的样子；你指摘它的时候，它虽是懊恼，脸上偏要显出勇于纳言的颜色。

　　人面到底是靠不住呀！我们要学面具，但不要戴它，因为面具后头应当让它空着才好。

劳动的究竟

　　要问劳动的究竟在哪里，就得先问人生的究竟到底是什么？我知道些个问题因着个人不同的意见，定要发出许多相异的回答。若是照愚见，可就要抱"安乐"这两个字拿来做答案了。何以故呢？因为一切生物都是向着安静娱乐那方面迈步，遇着不得已的情形才肯冒险、奋斗和劳动。在平常的日子虽然会发生好些冒险、奋斗和劳动的事实，但是从根本研究起来还是离不了为将来的安乐的预备。人性好安乐更是不可逃的事实。我一用功念书，就有好些朋友问我："你不累吗？"我一动手工作，也就有人问我："你为什么不觉得累呢？……那是快活事吗？"问人家"累不累"是表明哀悯别人过于劳动的意思，所以说，人类生来就好安乐是定然的。写到这里，可又发生许多冲突的问题，就是：人

156

类生来既然是好安乐，为什么亘东、西、南、北，过去、现在的人都以勤劳为道德的义务呢？为什么社会不赞美安逸和怠惰呢？这问题是不难回答的，我们往后研究一下就可以解决了。

原来我们寄身在这微尘似的天体上面，它的自身是常动不息的。它要动身才能支持它在太空里的位置，由它的动而生的力就刺激一切的生物教它们不能不动。所以人也要动才能在这天体上面站得住。人类一方面受自然的影响，一方面又要求自己的安乐，因此不能不想方法去调和两方面的冲突，结果就生出一种"欲逸先劳"的道德观念来。我们当然会吃，不会做人做"行尸"，也是看人在世间不适应自然的势力，像死体一般地不会动作是不成的。说到适应的话，除了用劳力去整理，去争战，可就没有别的方法了。

整理自然力，和与自然力角胜负，为的是什么呢？是想要得着一个主宰的地位，想在宇宙内得着一切的享受。有享受才有安乐，战胜一分自然力就是得着一分的享受。因此可以说劳动是得着安乐的手段。但是自然非常之大，集合人类全体劳动的气力来和它比一比，简直以扶摇风和蚊蚋的呼吸相较一般。"一劳永逸"的工作方法是骗人的说话，是教我们安于懈怠的动原。因为我们用尽九牛二虎的力量才能够在这动的天体上面取得一点享受，算来还不及那无漏的安乐的万一咧。围绕我们的安乐既然那么大，故此得它的手段也得常常用。简单说一句：自然力无限，我们的劳动也不息。

我们既以劳动为取得安乐的手段，就可以说不劳动则无安乐，也可以说劳动与安乐是相因依的。从前对于劳动的见解，以为要两手执着工具去工作才能算为劳动；就是劳动问题也是局限于制造厂的工人待遇、工资和工作时间的问题。但是现在的劳动问题扩大了，或用心力或体力去和自然界斗争的都可以算作劳动家。日日和我们接近的人——除了行尸以外——都可用"劳动家"的徽号来给他们。因为劳动家的种类不同，劳动的形式复杂，人类现在又没有通天晓地的本领，所以各人要尽自己的能量（Capacity）向各方面去发展他的工作，为的是要教人类的全体能够速速地得着几分安乐。

有人问："人类的劳动既是要得着安乐，那么，安乐是在劳动的时候能够同时得着的呢？是在劳动以后才能得着呢？若说同时可以得着安乐罢，又不大见得；若说在劳动以后才能得着罢，在个人的享受又很有限，何必苦苦地去求它呢？"我要回答说：在劳动的时间里头本来可以得着快乐，而劳动以后所得的是安心。我们要注意的不是劳动以后的安心，乃是与劳动同时发生的快乐，因为叫劳动家在劳动时间内感受快乐是很要紧的。现在的人在劳动的时候没有十分大的快感的缘故，是因为他们的劳动是奴隶的，不是主人的；是机械的，不是灵智的。精神身体两方面受人支配的劳动家，用力去挣脱苦痛的束缚还怕不能支持得住，那所谓安乐的感觉自然是没有的。

机械的劳动是什么呢？好像大制造厂里头的工人，有些整天只是安螺丝钉的，有些整天只是在每块木板上钻几个窟窿的，天天是这样，月月是这样，必定会发生不耐烦的心事，见着劳动就厌恶起来。有这样的现象，纵然减少劳动的时间，增加工资，也不能鼓励他们，叫他们对于所做的工夫有充分的热忱和快感。

要使劳动者对于制造厂的工作发生快感是很难的。要改革制造厂的制度，叫他没有分工的趋向，也是办不到的。所能做的事情，除了减少机械的劳动，增加灵智的劳动以外，没有更好的方法。灵智的劳动就是叫工人在应该做的事情以外有得着发展智力的机会，借此养成他们的创造力。由创造的劳动那方面去着想，工人才能觉得他们工作愉快。因为创造是可乐的，工人对着由他们的创造力所得劳动的产物，满可以安慰他们，减少他们那种机械的劳动的痛苦。

养成工人的创造力的办法，最好是在每星期内用数小时的工夫将工人应具的常识讲给他们听，叫他们的头脑因此清楚一点。至于给他们有灵智的劳动的机会这一层，可以量才让他们共同管理厂内等等的事务；对于有创造力的工人可以让给他们或是借给他们应用的工具和材料，或是叫他们自己组织一个灵智劳动的团体，在那里头供给一切应用的东西，就不致于侵害到厂里资财。这样办起来，劳动者必不会觉得他们的工作所有的痛苦，而且要当工作是一件快乐的事。卖力的人和买力的人冲突也可以减少了。

以上几段话是专指着制造厂的劳动家说。其余的人因为劳动的形式不同，所以对待的方法也不能一样。大概在制造厂以外的劳动者比较容易感受快乐，也不必特别地替他们打什么算盘。此外可以说的还有灵智的制造厂——学校——的劳动问题。

现在的学校——中等教育以下居多——待遇学生有些地方和旧式的制造厂待遇工人的方法差不多。即如每日的功课几乎全是用脑的，至于注意身手的发达到底是很少，纵然有，也不过是一星期有四五时的体操和手工——体操不能算为正式的劳动——还有些地方连手工也没有的。这样多用脑力的结果也是会变成机械的劳动，至终叫学生感受痛苦的。普通的学生常不喜欢兵式体操，也是因为这样的操法含有机械性的缘故。所以我们要想方法去增加学生在课内课外的灵智的劳动，和减少别的不关紧要的课程，叫他们对于劳力所得的出品能够快快活活地享受。如果照着这样行，一定要比那有规则的体操和形式的手工还要强得多多哪。

总之，我们对于等等劳动的见解，必要看看它做创造的和灵智的；而劳动的自身就是得着安乐的手段，在劳动进行时也可以得着愉快。凡没有创造和灵智的能力的劳动，须要排斥它。那么，在劳动的时候虽然肉体上有时觉得不舒服，也不能因此就失掉快乐，而且会鼓励他在越困难的时候有劳动的精神。就是他自己暂时不能得安乐，也可以叫他想着他的劳动是为公众的福利起见的。他看见众人得着安乐，也就把劳动的困难忘记了。

再结一句说：劳动的究竟是要得着安乐，而安乐又是随时伴着劳动而生的。记得番禺林伯桐先生的话："人生未必有不求乐者：以乐为乐，非知乐者也；以忧为乐，非可乐者也；乐之实在于能劳。……今夫农夫作劳，人人所知。当其耕耘，暑雨不敢避，饥渴不暇顾，其劳至矣。然计日以待其所劳劳者，未几而苗矣，而秀矣，而实矣。服田力劳，乃亦有秋则乐矣。岁晚务间，役车其休，诵蟋蟀之诗，歌瓠叶之章，则乐不可支矣。彼草之宅，禽之縠不能与良农同此乐者，由其不昏作劳耳……"念这几句话，我们更可以理会劳动的究竟在一切的事情上头都是如此的。

先农坛

　　曾经一度繁华过的香厂，现在剩下些破烂不堪的房子，偶尔经过，只见大兵们在广场上练国技。望南再走，排地摊的犹如往日，只是好东西越来越少，到处都看见外国来的空酒瓶、香水樽、胭脂盒，乃至簇新的东洋瓷器，沽衣摊上的不入时的衣服，"一块八""两块四"叫卖的伙计连翻带地兜揽，买主没有，看主却是很多。

　　在一条凹凸得格别的马路上走，不觉进了先农坛的地界。从前在坛里惟一新建筑——"四面钟"，如今只剩一座空洞的高台，四围的柏树早已变成富人们的棺材或家私了。东边一座礼拜寺是新的。球场上还有人在那里练习。绵羊三五群，遍地披着枯黄的草根。风稍微一动，尘土便随着飞起，可惜颜色太坏，若是雪白或朱红，岂不是很好的国货化妆材料？

　　到坛北门，照例买票进去。古柏依旧，茶座全空。大兵们住在大殿里，很好看的门窗，都被拆作柴火烧了。希望北平市游览区划定以后，可以有一笔大款来修理。北平的旧建筑渐次少了，房主不断地卖折货。像最近的定王府，原是明朝胡大海的府邸，论起建筑的年代足有五百多年。假若政府有心保存北平古物，绝不至于让市民随意拆毁。拆一间是少一间。现在坛里，大兵拆起公有建筑来了。爱国得先从爱惜公共的产业做起，得先从爱惜历史的陈迹做起。

　　观耕台上坐着一男二女，正在密谈，心情的热真能抵御环境的冷。桃树柳树都脱掉叶衣，做三冬的长眠，风摇鸟唤，都不听见。雩坛边的鹿，伶俐的眼睛瞭望着过路的人。游客本来有三两个，它们见了格外相亲。在那么空旷的园囿，本不必拦着它们，只要四围开上七八尺深的沟，斜削沟的里壁，使当中成一个圆丘，鹿放在当中，虽没遮栏也跳不上来。这样，园景必定优美得多。星云坛比岳渎坛更破烂不堪。干篙败艾，满布在砖缝瓦罅之间，拂人衣裾，便发出一种清越的香味。老松在夕阳底下默然站着。人说它像盘旋的虬龙，我说它像开屏的孔雀，一颗一颗的松球，衬着暗绿的针叶，远望着更像得很。松是中国人的理想性格，画家没有不喜欢画它的。孔子说它后凋还是屈了它，应当说它不凋才对。英国人对于橡树的情感就和中国对于松树的一样。中国人爱松并不尽是因为它长寿，乃是因它当飘风飞雪的时节能够站得住，生机不断，可发荣的时间一到，便又青绿起来。人对着松树是不会失望的，它能给人一种兴奋，虽然树上留着许多枯枝丫，看来越发增加它的壮美。就是枯死，也不像别的树木等闲地倒下来。千年百年是那么立着，藤萝缠它，薜荔粘它，都不怕，反而使它更优越更秀丽，古人说松籁好听得像龙吟。龙吟我们没有听过，可是它所发出的逸韵，真能使人忘掉名利，动出尘的想头。可是要记得这样的声音，绝不是一寸一尺的小松所能发出，非要经得百千年的磨炼，受过风霜或者吃过斧斤的亏，能够立得定以后，是做不到的。所以当年壮的时候，应学松柏的抵抗力、忍耐力和增进力；到年衰的时候，也不妨送出清越的籁声。

对着松树坐了半天。金黄色的霞光已经收了，不免离开雩坛直出大门。门外前几年挖的战壕，还没填满。羊群领着我向着归路。道边放着一担菊花，卖花人站在一家门口与那淡妆的女郎讲价，不提防担里的黄花叫羊吃了几棵。那人索性将两棵带泥丸的菊花向羊群猛掷过去，口里骂："你等死的羊孙子！"可也没奈何。吃剩的花散布在道上，也教车轮碾碎了。

忆卢沟桥

　　记得离北平以前，最后到卢沟桥，是在二十二年的春天。我与同事刘兆蕙先生在一个清早由广安门顺着大道步行，经过大井村，已是十点多钟。参拜了义井庵的千手观音，就在大悲阁外少憩。那菩萨像有三丈多高，是金铜铸成的，体相还好，不过屋宇倾颓，香烟零落，也许是因为求愿的人们发生了求财赔本求子丧妻的事情吧。这次的出游本是为访求另一尊铜佛而来的。我听见从宛平城来的人告诉我那城附近有所古庙塌了，其中许多金铜佛像，年代都是很古的。为知识上的兴趣，不得不去采访一下。大井村的千手观音是有著录的，所以也顺便去看看。

　　出大井村，在官道上，巍然立着一座牌坊，是乾隆四十年建的。坊东面额书"经环同轨"，西面是"荡平归极"。建坊的原意不得而知，将来能够用来做凯旋门那就最合宜不过了。

　　春天的燕郊，若没有大风，就很可以使人流连。树干上或土墙边蜗牛在画着银色的涎路。它们慢慢移动，像不知道它们的小介壳以外还有什么宇宙似的。柳塘边的雏鸭披着淡黄色的氄毛，映着嫩绿的新叶；游泳时，微波随蹼翻起，泛成一弯一弯动着的曲纹，这都是生趣的示现。走乏了，且在路边的墓园少住一会儿。刘先生站在一座很美丽的率堵波上，要我给他拍照。在榆树荫覆之下，我们没感到路上太阳的酷烈。寂静的墓园里，虽没有什么名花，野卉倒也长得顶得意地。忙碌的蜜蜂，两只小腿粘着些少花粉，还在采集着。蚂蚁为争一条烂残的蚱蜢腿，在枯藤的根本上争斗着。落网的小蝶，一片翅膀已失掉效用，还在挣扎着。这也是生趣的示现，不争斗着。落网的小蝶，一片翅膀已失掉效用，还在挣扎着。这也是生趣的示现，不过意味有点不同罢了。

　　闲谈着，已见日丽中天，前面宛平城也在域之内了。宛平城在卢沟桥北，建于明崇祯十年，名叫"拱北城"，周围不及二里，只有两个城门，北门是顺治门，南门是永昌门。清改拱北为拱极，永昌门为威严门。南门外便是卢沟桥。拱北城本来不是县城，前几年因为北平改市，县衙才移到那里去，所以规模极其简陋。从前它是个卫城，有武官常驻镇守着，一直到现在，还是一个很重要的军事地点。我们随着骆驼队进了顺治门，在前面不远，便见了永昌门。大街一条，两边多是荒地。我们到预定的地点去探访，果见一个庞大的铜佛头和一些铜像残体横陈在县立学校里的地上。拱北城内原有观音庵与兴隆寺，兴隆寺内还有许多已无可考的广慈寺的遗物，那些铜像究竟是属于哪寺的也无从知道。我们摩挲了一回，才到卢沟桥头的一家饭店午膳。

　　自从宛平县署移到拱北城，卢沟桥便成为县城的繁要街市。

桥北的商店民居很多，还保存着从前中原数省入京孔道的规模。桥上的碑亭虽然朽坏，还矗立着。自从历年的内战，卢沟桥更成为戎马往来的要冲，加上长辛店战役的印象，使附近的居民都知道近代战争的大概情形，连小孩也知道飞机、大炮、机关枪都是做什么用的。到处墙上虽然有标语贴着的痕迹。而在色与量上可不能与卖药的广告相比。推开窗户，看着永定河的浊水穿过疏林，向东南流去，想起陈高的诗："卢沟桥西车马多，山头白日照清波。毡卢亦有江南妇，愁听金人出塞歌。"清波不见，浑水成潮，是记述与事实的相差，抑昔日与今时的不同，就不得而知了。但想象当日桥下雅集亭的风景，以及金人所掠江南妇女，经过此地的情形，感慨便不能不触发了。

从卢沟桥上经过的可悲可恨可歌可泣的事迹，岂止被金人所掠的江南妇女那一件？可惜桥栏上蹲着的石狮子个个只会张牙咧眦结舌无言，以致许多可以稍留印迹的史实，若不随蹄尘飞散，也教轮辐压碎了。我又想着天下最有功德的是桥梁。它把天然的阻隔连络起来，它从这岸渡引人们到那岸。在桥上走过的是好是歹，于它本来无关，何况在上面走的不过是长途中的一小段，它哪能知道何者是可悲可恨可泣呢？它不必记历史，反而是历史记着它。卢沟桥本名广利桥，是金大定二十七年始建，至明昌二年（公元 1189–1192 年）修成的。它拥有世界的声名是因为曾入马哥博罗的记述。马哥博罗记作"普利桑乾"，而欧洲人都称它做"马哥博罗桥"，倒失掉记者赞叹桑乾河上一道大桥的原意了。中国人是善于修造石桥的，在建筑上只有桥与塔可以保留得较为长久。中国的大石桥每能使人叹为鬼役神工，卢沟桥的伟大与那有名的泉州洛阳桥和漳州虎渡桥有点不同。论工程，它没有这两道桥的宏伟，然而在史迹上，它是多次系着民族安危。纵使你把桥拆掉，卢沟桥的神影是永不会被中国人忘记的。这个在"七七"

事件发生以后，更使人觉得是如此。当时我只想着日军许会从古北口入北平，由北平越过这道名桥侵入中原，决想不到火头就会在我那时所站的地方发出来。

在饭店里，随便吃些烧饼就出来，在桥上张望。铁路桥在远处平行地架着。驮煤的骆驼队随着铃铛的音节整齐地在桥上迈步。小商人与农民在雕栏下做交易上很有礼貌的计较。妇女们在桥下浣衣，乐融融地交谈。人们虽不理会国势的严重，可是从军队里宣传员口里也知道强敌已在门口。我们本不为做间谍去的，因为在桥上向路人多问了些话，便叫警官注意起来，我们也自好笑。我是为当事官吏的注意而高兴，觉得他们时刻在提防着、警备着。过了桥，便望见实柘山，苍翠的山色，指示着日斜多了几度，在砾原上流连片时，暂觉晚风拂衣，若不回转，就得住店了。"卢沟晓月"是有名的。为领略这美景，到店里住一宿，本来也值得，不过我对于晓风残月一类的景物素来不大喜爱。我爱月在黑夜里所显的光明。晓月只有垂死的光，想来是很凄凉的。还是回家吧。

我们不从原路去，就在拱北城外分道。刘先生沿着旧河床，向北回海甸去。我捡了几块石头，向着八里庄那条路走。进到阜成门，望见北海的白塔已经成为一个剪影贴在洒银的暗蓝纸上。

你为什么不来

在夭桃开透、浓荫欲成的时候，谁不想伴着他心爱的人出去游逛游逛呢？在密云不飞、急雨如注的时候，谁不愿在深闺中等她心爱的人前来细谈呢？

她闷坐在一张睡椅上，紊乱的心思像窗外的雨点——东抛，西织，来回无定。在有意无意之间，又顺手拿起一把九连环慵懒懒地解着。

丫头进来说："小姐，茶点都预备好了。"

她手里还是慵懒懒地解着，口里却发出似答非答的声："……他为什么还不来？"

除窗外的雨声，和她手中轻微的银环声以外，屋里可算静极了！在这幽静的屋里，忽然从窗外伴着雨声送来几句优美的歌曲：

> 你放声哭，
> 因为我把林中善鸣的鸟笼住么？
> 你飞不动。
> 因为我把空中的雁射杀么？
> 你不敢进我的门。
> 因为我家养狗提防客人么？
> 因为我家养猫捕鼠，
> 你就不来么？
> 因为我的灯火没有笼罩，
> 烧死许多美丽的昆虫
> 你就不来么？
> 你不肯来，
> 因为我有？……

"有什么呢？"她听到末了这句，那紊乱的心就发出这样的问。她心中接着想："因为我约你，所以你不肯来；还是因为大雨，使你不能来呢？"

债

　　他一向就住在妻子家里，因为他除妻子以外，没有别的亲戚。妻家的人爱他的聪明，也怜他的伶仃，所以万事都尊重他。

　　他的妻子早已去世，膝下又没有子女。他的生活就是念书、写字，有时还弹弹七弦。他绝不是一个书呆子，因为他常要在书内求理解，不像书呆子只求多念。

　　妻子的家里有很大的花园供他游玩；有许多奴仆听他使令。但他从没有特意到园里游玩；也没有呼唤过一个仆人。

　　在一个阴郁的天气里，人无论在什么地方都不舒服的。岳母叫他到屋里闲谈，不晓得为什么缘故就劝起他来。岳母说："我觉得自从俪儿去世以后，你就比前格外客气。我劝你无须如此，因为外人不知道都要怪我。看你穿成这样，还不如家里的仆人，若有生人来到，叫我怎样过得去？倘或有人欺负你，说你这长那短，尽可以告诉我，我责罚他给你看。"

"我哪里懂得客气？不过我只觉得我欠的债太多，不好意思多要什么。"

"什么债？有人问你算账么？唉，你太过见外了！我看你和自己的子侄一样，你短了什么，尽管问管家的要去；若有人敢说闲话，我定不饶他。"

"我所欠的是一切的债。我看见许多贫乏人、愁苦人，就如该了他们无量数的债一般。我有好的衣食，总想先偿还他们。世间若有一个人吃不饱足，穿不暖和，住不舒服，我也不敢公然独享这具足的生活。"

"你说得太玄了！"她说过这话，停了半晌才接着点头说，"很好，这才是读书人'先天下之忧而忧'的精神。……然而你要什么时候才还得清呢？你有清还的计划没有？"

"唔……唔……"他心里从来没有想到这个，所以不能回答。

"好孩子，这样的债，自来就没有人能还得清，你何必自寻苦恼？我想，你还是做一个小小的债主吧。说到具足生活，也是没有涯岸的：我们今日所谓具足，焉知不是明日的缺陷？你多念一点书就知道生命即是缺陷的苗圃，是烦恼的秧田；若要补修缺陷，拔除烦恼，除弃绝生命外，没有别条道路。然而，我们哪能办得到？个个人都那么怕死！你不要做这种非非想，还是顺着境遇做人去罢。"

"时间……计划……做人……"这几个字从岳母口里发出，他的耳鼓就如受了极猛烈的椎击。他想来想去，已想昏了。他为解决这事，好几天没有出来。

那天早晨，女佣端粥到他房里，没见他，心中非常疑惑。因为早晨，他没有什么地方可去：海边呢？他是不轻易到的。花园

171

呢？他更不愿意在早晨去。因为丫头们都在那个时候到园里争摘好花去献给她们几位姑娘。他最怕见的是人家毁坏现成的东西。

女佣四围一望，蓦地看见一封信被留针刺在门上。她忙取下来，给别人一看，原来是给老夫人的。

她把信拆开，递给老夫人。上面写着：

亲爱的岳母：

你问我的话，叫我实在想不出好回答。而且，因你这一问，使我越发觉得我所负的债更重。我想做人若不能还债，就得避债，决不能教债主把他揪住，使他受苦。若论还债，依我的力量、才能，是不济事的。我得出去找几个帮忙的人。如果不能找着，再想法子。现在我去了。多谢你栽培我这么些年。我的前途，望你记念；我的往事，愿你忘却。我也要时时祝你平安。

婿容融留字

老夫人念完这信，就非常愁闷。以后，每想起她的女婿，便好几天不高兴。但不高兴尽管不高兴，女婿至终没有回来。

172

暾将出兮东方

在山中住，总要起得早，因为似醒非醒地眠着，是山中各样的朋友所憎恶的。破晓起来，不但可以静观彩云的变幻；细听鸟语的婉转；有时还从山巅、树表、溪影、村容之中给我们许多可说不可说的愉快。

我们住在山压檐牙阁里，有一次，在曙光初透的时候，大家还在床上眠着，耳边恍惚听见一队童男女的歌声，唱道：

> 榻上人，应觉悟！
> 晓鸡频催三两度。
> 君不见——
> "暾将出兮东方"，

微光已透前村树？

榻上人，应觉悟！

往后又跟着一节和歌：

暾将出兮东方！

暾将出兮东方！

会见新曦被四表，

使我乐兮无央。

那歌声还接着往下唱，可惜离远了，不能听得明白。

啸虚对我说："这不是十年前你在学校里教孩子唱的么？怎么会跑到这里唱起来？"

我说："我也很诧异，因为这首歌，连我自己也早已忘了。"

"你的暮气满面，当然会把这歌忘掉。我看你现在要用赞美光明的声音去赞美黑暗哪。"

我说："不然，不然。你何尝了解我？本来，黑暗是不足诅咒，光明是无须赞美的。光明不能增益你什么，黑暗不能妨害你什么，你以何因缘而生出差别心来？若说要赞美的话：在早晨就该赞美早晨；在日中就该赞美日中；在黄昏就该赞美黄昏；在长夜就该赞美长夜；在过去、现在、将来一切时间，就该赞美过去、现在、将来一切时间。说到诅咒，亦复如是。"

那时，朝曦已射在我们脸上，我们立即起来，计划那日的游程。

落花生

　　我们屋后有半亩隙地。母亲说："让它荒芜着怪可惜，既然你们那么爱吃花生，就辟来做花生园吧。"我们几姊弟和几个小丫头都很喜欢——买种的买种，动土的动土，灌园的灌园；过不了几个月，居然收获了！

　　妈妈说："今晚我们可以做一个收获节，也请你们爹爹来尝尝我们的新花生，如何？"我们都答应了。母亲把花生做成好几样的食品，还吩咐这节期要在园里的茅亭举行。

　　那晚上的天色不大好，可是爹爹也到来，实在很难得！爹爹说："你们爱吃花生么？"

　　我们都争着答应："爱！"

　　"谁能把花生的好处说出来？"

姊姊说："花生的气味很美。"

哥哥说："花生可以制油。"

我说："无论何等人都可以用贱价买它来吃；都喜欢吃它。这就是它的好处。"

爹爹说："花生的用处固然很多，但有一样是很可贵的。这小小的豆不像那好看的苹果、桃子、石榴，把它们的果实悬在枝上，鲜红嫩绿的颜色，令人一望而发生羡慕的心。它只把果子埋在地的，等到成熟，才容人把它挖出来。你们偶然看见一棵花生瑟缩地长在地上，不能立刻辨出它有没有果实，非得等到你接触它才能知道。"

我们都说："是的。"母亲也点点头。爹爹接下去说："所以你们要像花生，因为它是有用的，不是伟大、好看的东西。"我说："那么，人要做有用的人，不要做伟大、体面的人了。"爹爹说："这是我对于你们的希望。"

我们谈到夜阑才散，所有花生食品虽然没有了，然而父亲的话现在还印在我心版上。

别
话

　　素辉病得很重，离她停息的时候不过是十二个时辰了。她丈夫坐在一边，一手支颐，一手把着病人的手臂，宁静而恳挚的眼光都注在他妻子的面上。

　　黄昏的微光一分一分地消失，幸而房里都是白的东西，眼睛不至于失了它们的辨别力。屋里的静默，早已布满了死的气色。看护妇又不进来，她的脚步声只在门外轻轻地踩过去，好像告诉屋里的人说："生命的步履不往这里来，离这里渐次远了。"

　　强烈的电光忽然从玻璃泡里的金丝发出来。光的浪把那病人的眼睑冲开。丈夫见她这样，就回复他的希望，恳挚地说："你——你醒过来了！"

　　素辉好像没听见这话，眼望着他，只说别的。她说："嗳，珠儿的父亲，在这时候，你为什么不带她来见见我？"

"明天带她来。"

屋里又沉默了许久。

"珠儿的父亲哪，因为我身体软弱、多病的缘故，教你牺牲许多光阴来看顾我，还阻碍你许多比服侍我更要紧的事。我实在对你不起。我的身体实不容我……"

"不要紧的，服侍你也是我应当做的事。"

她笑。但白的被窝中所显出来的笑容并不是欢乐的标识。她说："我很对不住你，因为我不曾为我们生下一个男儿。"

"哪里的话！女孩子更好。我爱女的。"

凄凉中的喜悦把素辉身中预备要走的魂拥回来。她的精神似乎比前强些，一听丈夫那么说，就接着道："女的本不足爱：你看许多人——连你——为女人惹下多少烦恼！……不过是——人要懂得怎样爱女人，才能懂得怎样爱智慧。不会爱或拒绝爱女人的，纵然他没有烦恼，他是万灵中最愚蠢的人。珠儿的父亲，珠儿的父亲哪，你佩服这话么？"

这时，就是我们——旁边的人——也不能为珠儿的父亲想出一句答辞。

"我离开你以后，切不要因为我，就一辈子过那鳏夫的生活。你必要为我的缘故，依我方才的话爱别的女人。"她说到这里把那只几乎动不得的右手举起来，向枕边摸索。

"你要什么？我替你找。"

"戒指。"

丈夫把她的手扶下来，轻轻在她枕边摸出一只玉戒指来递给她。

"珠儿的父亲，这戒指虽不是我们订婚用的，却是你给我的；你可以存起来，以后再给珠儿的母亲，表明我和她的连属。除此以外，不要把我的东西给她，恐怕你要当她是我；不要把我们的旧话说给她听，恐怕她要因你的话就生出差别心，说你爱死的妇人甚于爱生的妻子。"她把戒指轻轻地套在丈夫左手的无名指上。丈夫随着扶她的手与他的唇边略一接触。妻子对于这番厚意，只用微微睁开的眼睛看着他。除掉这样的回报，她实在不能表现什么。

丈夫说："我应当为你做的事，都对你说过了。我再说一句，无论如何，我永久爱你。"

"咦，再过几时，你就要把我的尸体扔在荒野中了！虽然我不常住在我的身体内，可是人一离开，再等到什么时候，在什么地方才能互通我们恋爱的消息呢？若说我们将要住在天堂的话，我想我也永无再遇见你的日子，因为我们的天堂不一样。你所要住的，必不是我现在要去的。何况我还不配住在天堂？我虽不信你的神，我可信你所信的真理。纵然真理有能力，也不为我们这小小的缘故就永远把我们结在一块。珍重吧，不要爱我于离别之后。"

丈夫既不能说什么话，屋里只可让死的静寂占有了。楼底下恍惚敲了七下自鸣钟。他为尊重医院的规则，就立起来，握着素辉的手说："我的命，再见吧，七点钟了。"

"你不要走，我还和你谈话。"

"明天我早一点来，你累了，歇歇吧。"

"你总不听我的话。"她把眼睛闭了，显出很不愿意的样子。丈夫无奈，又停住片时，但她实在累了，只管躺着，也没有什么话说。

丈夫轻轻蹑出去。一到楼口，那脚步又退后走，不肯下去。他又蹑回来，悄悄到素辉床边，见她显着昏睡的形态，枯涩的泪点滴不下来，只挂在眼睑之间。

今天

陈眉公先生曾说过："天地有一大账簿：古史，旧账簿也；今史，新账簿也。"他的历史账簿观，我觉得很有见解。记账的目的不但是为审察过去的盈亏来指示将来的行止，并且要清理未了的账。在我们的"新账簿"里头，被该的账实在是太多了。血账是页页都有，而最大的一笔是从三年前的七月七日起到现在被掠去的生命、财产、土地，难以计算。我们要擦掉这笔账还得用血、用铁、用坚定的意志来抗战到底。要达到这目的，不能不仗着我们的"经理们"与他们手下的伙计的坚定意志，超越智慧，与我们股东的充足的知识、技术和等等的物质供给。再进一步，当要把各部分的机构组织到更严密，更有高度的效率。

"文官不爱钱，武将不惜死"的名言是我们听熟了的。自军兴以来，我们的武士已经表现出他们不惜生命以卫国的大牺牲与大忠勇的精神。但我们文官的中间，尤其是掌理财政的一部分人，还不能全然走到"不爱钱"的阶段，甚至有不爱国币而爱美金的。这个，许多人以为是政治还不上轨道的现象，但我们仍要认清这是许多官人的道德败坏，学问低劣，临事苟办，临财苟取的结果。要擦掉这笔"七七"的血账，非得把这样的坏伙计先行革降不可。不但如此，在这抵抗侵略的圣战期间，不爱钱、不惜死之上还要加上勤快和谨慎。我们不但不爱钱，并且要勤快办事；不但不惜死，并且要谨慎作战。那么，日人的凶焰虽然高到万丈，当会到了被扑灭的一天。

在知识与技术的贡献方面，几年来不能说是没有，尤其是在生产的技术方面，我们的科学家已经有了许多发明与发现。我们希望当局供给他们些安定的实验所和充足的资料，因为物力财力是国家的命脉所寄，没有这些生命素，什么都谈不到。意志力是寄托在理智力上头的。这年头还有许多意志力薄弱的叛徒与国贼民贼的原因，我想就是由于理智的低劣。理智低劣的人，没有科学知识，没有深邃见解，没有清晰理想，所以会颓废，会投机，会生起无须要的悲观。这类的人对于任何事情都用赌博的态度来对付。遍国中这类赌博的人当不在少数。抗战如果胜利，在他们看来，不过是运气好，并非我们的能力争取得来的。这样，哪里成呢？所以我们要消灭这种对于神圣抗战的赌博精神。知识与理想的栽培当然是我们动笔管的人们的本分。有科学知识当然不会迷信占卜扶乩，看相算命一类的事，赌博精神当然就会消灭了。迷信是削弱民族意志力的毒刃，我们从今日起，要立志扫除它。

物质的浪费是削弱民族威力的第二把恶斧。我们都知道我们是用外货的国家，但我们都忽略了怎样减少滥用与浪费的方法。国民的日用饮食，应该以"非不得已不用外物"为宗旨。烟酒脂粉等等消耗，谋国者固然应该设法制止，而在国民个人也须减到最低限度。大家还要做成一种群众意见，使浪费者受着被人鄙弃的不安。这样，我们每天便能在无形中节省了许多有用的物资，来做抗建的用处。

我们很满意在这过去的三年间，我们的精神并没曾被人击毁，反而增加更坚定的信念，以为民治主义的卫护，是我们正在与世界的民主国家共同肩负着的重任。我们的命运固然与欧美的民主国家有密切的联系，但我们的抗建还是我们自己的，稍存依赖的心，也许就会摔到万丈的黑崖底下。破坏秩序者不配说建设新秩序。新秩序是能保卫原有的好秩序者的职责。站在盲的蛮力所建的盟坛上的自封自奉的民主，除掉自己仆下来，盟坛被拆掉以外，没有第二条路可走，因为那盟坛是用不整齐、没秩序和腐败的砖土所砌成的。我们若要注销这笔"七七"的血账，须常联合世界的民主工匠来毁灭这违理背义的盟坛。一方面还要加倍努力于发展能力的各部门，使自己能够达到长期自给，威力累增的地步。

祝自第四个"七七"以后的层叠胜利，希望这笔血账不久会从我们的新账簿擦除掉。

强奸

　　"强奸"是社会病理学里头应当论的问题。这个证候是人类社会特别发生的。我们无论考究哪种动物的配合，都不能认出它们有强奸的形迹来。因为动物的配偶尽是由雌虫自己选择。所有的雄虫，或是发柔婉的声音，或是呈美丽的颜色，或是散芬馥香味去谄媚雌虫；它们对于雌虫"奉承之不暇"，哪会发生这种人类社会特别的毛病呢？我想尊敬雌虫是动物界的天真，因为"母的庄严"和传种有直接关系。动物在不知不识中受了自然律的默示，依着一定时期来配偶和繁殖它们的种类。它们在交尾期间自然起了一种敬爱雌虫的举动，所以强奸的事情在它们当中很难找得出来。人呢？可就不然！他们想凭着知识去利用自然界的事物，无论什么事体，人都可以随意舞弄，甚至于传种的神圣机能也能任意去侵犯。

母的庄严在人类社会里头几乎忘记了。幸亏现在有些缮种学家和社会学家略略地给了些警告，将来必定有人起来和他们共鸣的。人类有强婚强奸的罪恶，都是根于藐视母的庄严而来的。社会学家常以为婚姻制度的起点是因为产业承受的缘故，我却以为人类是为要恢复母的庄严，才有这种举动。有人要问："既然婚姻制度成立是要恢复母的庄严，为什么还有强奸的事情呢？"这话很容易回答。因为用结婚的方法去维持母的庄严本是不自然的事。这方法根本上已经错误，哪里能够纠正从前的不对呢？我们要说起强奸的所以然，就不能不归罪在不自然的婚姻制度和缺乏性的教育的身上。但是我们不能凭空地说一声"婚姻制度不自然和性的教育缺乏"便了事，我们还要研究它的病理的所在，然后对症下药。这样才可以盼望它母的庄严恢复过来。

强奸是一种传种的变形的举动。有时因为外围的迫压也会如此。我们要想斩除人类社会这样的罪恶，就当先行明白它的原因。由心理的方面去考查可以得好些解释，那都是能够帮助我们对于防止强奸的计划的。

促成强奸行为的第一原因就是传种的恐慌，从生物个体成熟到能够传种的时候，内心常有"快些配偶"的劝告；处在危险或软弱地位的时候，也是如此。所以当兵的和做贼的人对于妇女最容易怀着强奸的恶意。兵士有强奸的倾向，不是几条军律和几句训话所能阻止的。因为他们所处的地位危险，"死"这个字常常挂在心坎上，他们处在这个境遇里头，自然而然地恐慌啦。兵士和盗贼的强奸行为是由他们的"下意识"（Subconsciusness）所指挥的。他们虽然有伦理的情操，知道这类的行为是罪恶，然而不能胜过外围和内里的迫压，终归要不能自主的。从来没有一个地方当王乱贼乱的时节，住在那里的妇女不遭凌辱的。由近世的历史讲起来，嘉靖年间倭寇侵犯沿海各省的时候，闽浙的妇女受辱而死的不知道多少；清兵入关的时候，兵士到一座城就肆意淫污那座城的妇女；义和团捣乱的时候，某某两国的兵在北京城内肆行淫掠；欧洲这次的战争，德国兵在法、比境界里头也有同类的举动。可见兵士和强奸是生生世世结不解缘的。至于盗贼没有纪律去约束他，自然是要更放肆的了。中国各县地志里头的烈女传可以供给好些强奸史的材料，靠那种悲惨的记载，实在令人不忍的了！

　　第二个原因就是擅用权力。一个人有了些少权力就容易滥用，对于各方面都是如此，不过在性欲上头格外显得凶便了。爱滥用权力的人对着各样事情都怀抱一个"没奈我何"的意念，他们的骄傲心和性欲一同长进，所谓上流人的强奸案差不多是根据这"没奈我何"的意念来的。息夫人的《伤心话》和何氏的《乌鹊歌》虽然是爱情的故事，但是我们在那里头就可以窥见这"没奈我何"的意念了。得胜的侯王和拥金的富翁爱滥用他们的权力去强迫人家的妇女，甚至因为性欲的猖狂就起了战争哪。看 Scott 的 Lvanhoe 里头描写那班十字武士对待 Rebekoh 的事情就可以略略知道性欲因着权力增加的度数了。

　　第三个原因就是受"占便宜"的暗示。配偶的事，男子常想着自己是占便宜的，所以好些不文的人屡屡用性欲的话互相应酬。我们说那些是污秽的话，其实不应当那么说，应当还是藐视母的庄严的话。性欲本来不是污秽的事，因为人藐视它，故此当它做污秽。当初定性欲的话为污秽言语的人，也是要加这不好的名于母的庄严上头来维持性交的安宁。谁知母的真正地位已经失落，人人只知道占父的便宜，定它做污秽，倒反促成侮慢母的庄严的行动。无知的人口里发惯了这类的声音，耳里受惯了这类的刺戟，久而久之就影响到行为上头。历史上因为愤恨去将仇人的家族污辱的也不少。这就是因着"占便宜"的念头去办的。怎样才能够教男子对于性欲没有"占便宜"的观念，是我们迫切要解决的。

第四个原因是因为模仿而来。人人对于社会形形色色的事物都有模仿的倾向。一般的人想着某贵人某富者在他们的家庭里头享受那些"偎红倚翠"的福气，因这个印象就激起"我也要这样办"的念头。道德观念强的，自然没有什么越轨的行动；若不然，一遇着机会就随意去做了。这样看来，那班拥抱美婢娇妾的人也是养成强奸的罪恶的分子。

要医治强奸的毛病，最好就是解除女子在家庭里头的束缚，教她们的身、心和男子一样刚强。我不敢说在现今废除家庭的制度，但是要教男女对于性的观念不起藐视，就不得不将家庭的范围扩大，叫人人随时得着自然的真配偶。能够到这个地步，自然就没有强奸的举动啦。

论到戎政是应当赶紧废止的。强奸的事实多发现于兵士中间，我已经说过了。领兵的人不是不知道兵士容易犯这类的毛病，但是他们反要利用这事去鼓励兵士做杀人的事情。记得这次的大战争，英国的军歌里头有一句 To the sweetest girl I know。"到我认识那位最可爱的女郎那里"的话，就知道鼓励兵士去死除了用"醇酒美人"的方法，没有第二条路。英雄和美人的佳话就是映照兵士性欲上的劣迹。所以用兵的度数必定和强奸的度数成正比例。不但如此，世界上最险恶的病症也是由兵士的强奸行为发生出来的。所谓"大兵之后，必有凶年"还是小事；看1400年的法意战争，法国兵士在意国境内任意强奸，致酿成现在的梅毒，这可不是由强奸而产生的大病吗？我们要防强奸于将来，一方面要鼓吹缩少兵额——能够叫这世界里头一个兵都没有更妙——一方面要用缮种学的方法去支配结婚的男女，叫凡犯过奸淫及其他等等恶根性的人都绝迹在社会里头。那么，母的庄严的恢复就有盼望了。